# とべっ!! かえるくん

## ～おばあちゃんのもとへ～

佐《さ》藤《とう》益《ます》弘《ひろ》

文芸社

# まえがき

「こんなことをやってみたい」

「これができるようになりたい」

「もっと～したい」「上手《じょうず》になりたい」

　そんな強い思いや願い、夢《ゆめ》はありますか？


「プロ野球選手になりたい」「Jリーガーになるんだ」

「オリンピックに出て金メダルを取りたい」

「パティシエになりたいわ」「ぼくはユーチューバーかな」

「大金持ちになりたい」「医療《いりょう》従事者《じゅうじしゃ》だね」

「小学校の先生になりたいな」（がんばれ!!）

　そんな強い思いや願い、夢をかなえるには、どうしたらいいのだろう。

そんな方法がわかったらいいよね。

ここに、強い思いをかなえた、一匹《いっぴき》のかえるの話があります。

「かえるの話？　そんなもの聞いたって、役に立たないよ」

さあ、どうかな？　少しは役に立つと思うんだけどなあ。最後までがんばって、あきらめなかったかえるくんの話……。

「最後までがんばって、あきらめなかった？」

「そんなの、当たり前じゃないか」

「そうさ。あきらめずにがんばれば、夢《ゆめ》はかなうものだもの」

さあ、本当に当たり前かなあ。（でも、当たり前って、けっこうすごいことなんだよ）

それにさ、あきらめずにがんばるだけで、夢がかなうと思うかい？

まあ、読んでみないかい？　思いをかなえた、かえるくんの話。

## 目次

# 一　どうしよう……

五月の終わりの、ある日のことでした。

キラキラしたお日様が照りつけています。

「あら、かえるくん。ねむそうな顔して……。ねえ、今日は降《ふ》るかしら」

おばあちゃんの問いかけに、かえるくんは空を見上げ、少し首をかしげました。そして
どこかへとんでいきました。

「……つまり、びみょうってことね」

おばあちゃんはちょっと考えてから、せんたく物を取りこみ始めました。

「天気予報《よほう》では夜までは降らないって言っていたけれど、かえるくんがあの顔じゃ、あぶないわよね」

おばあちゃんはせんたく物を取りこみ終えると、ほっと一息。

「おじいさん。そろそろ梅雨《つゆ》入りかしらね」

おじいさんの写真に語りかけました。

おじいさんの写真は、だまって笑っています。

「……。あら、いけない。もう、こんな時間。そうだ。雨が降《ふ》ってこないうちに、お買い物に行ってきちゃおうかしら」


おばあちゃんは車に乗りこみました。

久《ひさ》しぶりのお出かけに、車もどこかしらうれしそうです。

しかし、走り出すとすぐに、フロントガラスにポツッ、ポツッ、ポツッ。

早くも雨が降ってきました。

「あらあら。もう降ってきちゃったわ」

おばあちゃんはワイパーを動かします。

「あら？　何かしら……」

よく見ると、ワイパーに何かがついています。

かえるくんです。

かえるくんは、おばあちゃんと話した後、今日はおばあちゃんは出かけないだろうと思って、おばあちゃんの車のワイパーの上で、昼ねをしていたのです。

「あらあら。大変。今、降《お》ろしてあげるからね」

しかし、ワイパーを止めようにも、雨はどんどん強くなってきます。

「どこかに車をとめないと……」

おばあちゃんは、車をとめようとしましたが、道はせまい一本道。車をとめられるような場所は見つかりません。

それだけではありません。おばあちゃんはあわてていたので、スーパーへ曲がる道を曲がりそこねてしまいました。

すると、後ろからは意地悪なダンプカーが、ものすごい勢《いきお》いで近づいてきます。

「こら～。じゃまだぞ～。もっと速く走れ～」

おばあちゃんも車も、夢中《むちゅう》でにげました。

かえるくんも、大変なことになっていました。
右へ　パッタン　左へ　パッタン
　右へ　パッタン　左へ　パッタン
それでも必死に、ワイパーにしがみつきます。
なぜって？　だって、もしもこんなところでふり落とされたら、もっと大変なことになってしまうでしょう……。
道路に落ちれば、車にひかれてぺっしゃんこ……。
森の中ににげれば、こわいヘビにパクッンコ
　　　　　　　　　飲みこまれてゴックンコ
ギャーギャー　カラスに
ニャーニャー　ネコ
　　　　　キツネやムジナやオオカミも？（まさか……）

ほかにも、まだまだおそろしい生き物がいそうです。

かえるくんは、必死にワイパーにしがみつきます。

車ははげしく上下にゆれ、ワイパーは右へ、左へ、パッタン　パッタン。

雨はますますはげしくなってきました。

かえるくんは、だんだん気が遠くなってきました。手の力も足の力も、どんどんぬけていきます。今にも前足のきゅうばんが、ワイパーから外れそう……。

「あ～。もうダメだ～」

かえるくんは気絶寸前《きぜつすんぜん》です。

おばあちゃんは、ようやく空地《あきち》を見つけ、やっとのことで車をとめました。

「バッキャロー！」

意地悪なダンプカーの運転手が、どなりながら通り過《す》ぎていきます。

「よかった、よかった」

いそいで車を降《お》りたおばあちゃんは、かえるくんを手のひらに乗せました。よほどおそろしかったのでしょう。かえるくんは、ぶるぶる、がたがた、ふるえています。

おばあちゃんは、車の中から小さなふくろを持ってきて、その中にかえるくんをそっと入れました。

「ひとりぼっちじゃ、さみしいかしら……」

ちょっと考えてから、おばあちゃんは辺りを見回しました。

きれいなあじさいがさいています。

「ごめんね、葉っぱさん。かえるくんといっしょにいてあげて」

おばあちゃんはあじさいに近づくと、葉っぱを二枚《まい》、枝《えだ》からそっと手に取り、かえるくんが入っているふくろの中に入れました。

「家に帰るまで、少しがまんしていてね」

おばあちゃんは、かえるくんと葉っぱに声をかけ、車に乗りこもうとしました。


〈ヒュ〜〉

その時、ものすごい風がふいてきて、かえるくんたちを入れたふくろがおばあちゃんの手をはなれ、坂道を転がり始めました。

「あら、大変」

おばあちゃんはあわててふくろの後を追いかけます。

〈コロンコロン〉

ふくろの中のかえるくんには、何が起きたのかわかりません。

葉っぱくんといっしょに、ふくろの中でコーロコロ。

おばあちゃんは夢中《むちゅう》で走りました。

「もうちょっと……」

〈ビュ〜〜！〉

あと一歩のところで、また強い風がふきました。

「あ〜」

かえるくんたちを入れたふくろは、おばあちゃんの手をかすめて、さらに急な坂道をどんどん転がっていきます。

おばあちゃんは、急いで車のところへもどりました。

（今、助けてあげるからね）

ブ～ン！

おばあちゃんの車は、ものすごい勢《いきお》いで、かえるくんたちの入ったふくろを追いかけます。

道は右へ左へ、急カーブ。それでもおばあちゃんはスピードを落としません。車もタイヤをキィーキィー鳴らしながら、必死でかえるくんたちを追いかけます。

道が平らになったのか、ようやくふくろが止まりました。

おばあちゃんは車を道のはじにとめると、いそいでドアを開けました。

その時です。

反対側から走って来た車が、かえるくんたちの入っているふくろをはね飛ばしました。

パーン！

ふくろは、われてしまいました。

「あ～?!」

おばあちゃんは、ふくろがわれた時、かえるくんたちが勢いよく飛《と》ばされていくのを、はっきりと見ました。

（大丈夫《だいじょうぶ》。ひかれてはいなかったもの。かえるくんは、きっと生きているわ）

おばあちゃんは急いでかえるくんたちが飛ばされた方へ歩いていきました。

道の上からのぞくと、そこはものすごいがけになっています。かえるくんのすがたはどこにもありません。

「どこまで飛ばされちゃったのかしら……。がけの下まで落ちちゃったのかしら……」

雨はまだ降《ふ》り続いています。

おばあちゃんは、雨にぬれながら一生けん命探《さが》しましたが、かえるくんのすがたを見つけることはできませんでした。

やがて日が暮《く》れてきました。

おばあちゃんはびしょぬれのまま、仕方なく、車に乗って家に帰りました。

夜、まったくねむれなかったおばあちゃんは、次の日の朝、辺りが明るくなるとすぐに、昨日の場所へ行ってみました。

そこは、とても急ながけでした。深さ三十メートルくらいはありそうです。下の方は深いしげみになっていて、その先は、ずっと森が続いています。

「かえるく～ん！」

「……」

「かえるく～ん！」

おばあちゃんは何度も何度も呼《よ》んでみましたが、かえるくんの返事はありません。

仕方なく、おばあちゃんは道ばたに立っている電信柱に、はり紙をしました。


【かえるくんを見つけたら、知らせてください。】


夕方近くまでかえるくんのすがたを探《さが》し続けたおばあちゃんは、がけの近くに一けんの家を見つけ、

「かえるくんを見つけたら、知らせてください」

とたのみました。

「おばあちゃんのかえるかい？」

「ええ。わたしの大切なかえるなんです」

「でも、あんな高いがけから落ちたんだろ？　いくらかえるでも、生きてはいられないだろうさ」

「それでも、おうちに連れて帰りたいんです」

おばあちゃんは何度もたのんで、家に帰りました。

家に着いてからも、おばあちゃんは、かえるくんのことが心配でたまりません。

「ああ。今ごろたった一匹《いっぴき》で、泣いているにちがいない。けがなどしていなければいいけれど……」

おばあちゃんは食事ものどを通りませんでした。

そのころ、かえるくんは、がけのとちゅうの木の枝《えだ》に引っかかったまま、気を失っていました。

ようやく目を覚ますと、辺りはもう真っ暗です。

上を見ると、おいしげった木の間からお月様が見えました。

「ギャー　ギャー」

遠くで鳥の声が聞こえます。

　ガサゴソ　ガサゴソ

　　バサバサ　ザワザワ　ズルズル

暗やみの中で光るものが二つ、だんだん近づいてきます。

〈シュルシュルシュルシュル〉

「？　……？」

二つの光の真ん中から、何か長くて細いものが、出たり入ったりしています。

「！！！」

一瞬《いっしゅん》、月明かりに、そのすがたがうかび上がりました。

ヘビです。一匹《いっぴき》のヘビが、シュルシュルと舌を出し入れしながら、かえるくんの方へ近づいてきます。

「××××」

ヘビは、まだかえるくんには気づいていないようでした。

でも、少しでも動けばその瞬間《しゅんかん》、パクッと飲みこまれてしまうでしょう。

（どうしよう……。こんなところで死にたくないよ～。おばあちゃんに会いたいよ～）

その時です。

「ぼくに、まかせて」

どこからか、声が聞こえた気がしました。

暗やみの中を、ヒラヒラヒラヒラ、何かが落ちてきます。

ヒラヒラしたものは、かえるくんに近づいてくるヘビの頭の上に、ピタリと落ちました。

ヘビはおどろいて、それをふりはらおうとします。しかしヒラヒラは、ヘビの頭にぴったりとくっついて、はなれません。

「う～ん。なんなんだ。これは……」

ヘビはヒラヒラを外そうと、体をくねくねくねらせます。

「あ～～～～！」

ヘビはそのままバランスをくずして、ヒラヒラといっしょにがけの下へ落ちていってしまいました。

「ああ。よかった。なんとか助かった。でも、あのヒラヒラしたのは、いったいなんだったんだろう」

かえるくんは、ヘビが落ちていった方をじっと見ていました。

それからあとも、時々聞こえてくる物音にかえるくんはびくびく。

全くねむれないまま、朝をむかえました。

ねむたい目をこすりながら、かえるくんは辺りを見回してビックリ!!

なんと!!

高さ十メートルはある木の枝《えだ》の先っぽに、かえるくんは引っかかっていたのです。

「わ〜! どうしよう。ここから落ちたら、今度こそ助からない」

かえるくんはしんちょうに、一歩一歩、足を出し、枝の付け根をめざします。

足がちょっとでもすべれば、下まで落ちてしまいます。

「もう少し。あと、少し」

かえるくんは、やっとのことで、枝の付け根までたどり着きました。

（ふ〜。つかれてもう動けないや）

ここでちょっとひと休みしよう、そう思った、その時でした。

「ギャー　ギャー」

カラスです。かえるくんがいるところから、少しはなれた枝にとまって、かえるくんの方をじっと見ています。

（見つかったら食べられちゃう……）

そう思ったかえるくん。きんちょうして、体が固まります。カラスが飛んでいくまで、動くことはできません。

（どうか気づかれませんように……）

「ゴクッ」

かえるくんは、思わずつばを飲み込んでしまいました。

その時、カラスの目が、キラッと光りました。そうです。見つかってしまったのです。

カラスは一度、枝から飛び立つと、向きを変えて、かえるくん目がけて急降下《きゅうこうか》。

（あ〜。もうダメかも……）

それでもかえるくんは、カラスのくちばしをギリギリまで引きつけると、最後の力をふりしぼって思いっ切り、空に向かってジャンプしました。

ピョ〜ン！

ねらいを外したカラスは、木のみきにぶつかって、あわてて飛び去っていきました。

〈ヒュ〜〜〜〜〉

カラスのこうげきからはにげられたものの、かえるくんの体は、地面に向かって落ちていきます。

（ああ。今度こそ、もう、ダメかも……）

その時です。

かえるくんの落ちていく下の方に、何かが見えました。

昨日の夜、見たのと同じ、あのヒラヒラです。

「ぼくに、つかまって！」

その声におどろいて、かえるくんは、思いっ切り手をのばしました。

指先のきゅうばんが、ヒラヒラのはじにくっつきました。

するとヒラヒラは、かえるくんが落ちていくスピードがゆっくりになるよう、向きを変えました。さらに、地面に着く直前には、かえるくんを下から支《ささ》えたのです。かえるくんのクッションになるように形を変え、かえるくんを下から助けてくれた……）

（なぜだろう。昨日の夜も、ボクをヘビから助けてくれた……）

かえるくんは、そのヒラヒラをじっと見ました。

「かえるくん、大丈夫《だいじょうぶ》かい？　うん、けがはしていないようだね。よかったよ」

ヒラヒラが話しかけてきます。

「えっ？　あっ、きみは……」

そうです。おばあちゃんが、かえるくんがさみしくないようにと、いっしょにふくろの中に入れてくれた、あの葉っぱくんでした。

「ぼくたちもふくろの中から飛ばされて……。この木の枝《えだ》に引っかかっていたのさ」

そう話す葉っぱくんの体は、穴《あな》がいくつも空《あ》いていて、折れ曲がってヨレヨレになっています。きっと、かえるくんを助ける時に、無理をしたのでしょう。

「じゃあ、昨日の夜、ボクを助けてくれたのも……」

「ああ。あいつはヘビといっしょに、ずうっと下の方に落ちていっちゃったけどね」

「えっ？　じゃあ、助けに行かなくちゃ」

「ま、大丈夫《だいじょうぶ》だろう。また強い風がふけば、ぼくらはいつでも飛んでいけるからね」

「本当？」

「ああ。だからあいつのことは心配しなくていい。それよりかえるくん、ここから帰ることはできるのかい？」

「うん。少し休めば大丈夫。ボク、絶対《ぜったい》におばあちゃんのところへかえるから」

「そうだよな。かえるくんは、あのやさしい……おばあちゃんのかえる……だもんな」

「葉っぱくんは大丈夫なの？」

「ああ、平気さ。少し……休めば……治るから……」

そう言いながらも葉っぱくんの声は、だんだん小さくなっていきます。葉っぱくんは、地面にたおれこむように横になりました。

「?!　……葉っぱくん!」

「かえるくん。気に……しなくて平気さ。また強い風がふけば、ぼくら……いつ……でも、飛ん……いけるから……」

「でも、葉っぱくん、けがしているんだろ?」

「大丈夫。それよりかえるくん、暗くなったら身動きがとれなくなるぞ。早く行った方がいい」

それでもかえるくんが動けずにいると、葉っぱくんが強い口調《くちょう》で言いました。

「おばあちゃんが心配しているぞ!」

「うん……。じゃあ、葉っぱくん。ボク、そろそろ行くよ」

「ああ。気を……つけて……行けよ。必ず、おばあちゃんの……とこ……ろに、帰る……だぞ……」

「葉っぱくん。ありがとう。また、会えるかな」

「ああ。かな……らず、どこかで、また、会え……る……さ」

かえるくんは葉っぱくんのことが気になりながらも、しっかりと足をふみしめて、一歩一歩、がけを登り始めました。

(二回も、葉っぱくんたちに助けてもらったんだ。葉っぱくんたちのためにも、絶対《ぜったい》におばあちゃんのところへかえるんだ)

何度もがけをすべり落ちそうになりながら、かえるくんは必死で登り続けました。

がけを登り切った時には、お日様は、もう頭の上まで来ていました。

ガードレールをくぐって道路に出てみると、電信柱にはり紙がしてあるのが見えました。

【かえるくんを見つけたら、知らせてください】

おばあちゃんの字でした。かえるくんの似顔絵《にがおえ》も、かいてありました。

(おばあちゃん、やっぱりボクのことを、探《さが》してくれているんだ)

かえるくんは、急に元気がわいてきました。

（よ〜し。ボクは絶対、絶対、おばあちゃんのところへかえるぞ！　……。う〜ん。だけど、どっちに行ったらいいんだろう……）

かえるくんが、辺りをきょろきょろ見回していると、どこからか声が聞こえます。

「お〜い」

「？？？」

「お〜い。こっち、こっち」

かえるくんは声のする方へ、ピョン、ピョン、ピョン。

「お〜い。ここだよ、ここ」

道路のわきに、たくさんの葉っぱたちがいます。

「きみ、昨日、ふくろの中から飛び出して来たヤツ、だろ？」

「うん、そうみたい」

「おばあちゃんがはり紙をしていった、まいごのかえるくん、だろ？」

「うん、そうなんだ」

「がけから落ちたんだろ？　けが、してないかい？」

「うん、大丈夫《だいじょうぶ》」

　葉っぱたちが口々に言います。

「それにしても、よく、あのがけを登って来られたな」

「ボク、どうしてもおばあちゃんのところへかえるんだ。そう思って、やっとここまで来たんだけれど……。どっちに行けばいいかわからなくて……」

「だったら、きみは、あっちの坂の上の方から転がって来たんだぜ」

　一枚《まい》の葉っぱがひらりとゆれました。その葉の先を見ると、長い長い坂が続いています。

「あっちの坂の上の方から？」

「そう。きみは、ぼくらと同じ葉っぱといっしょに飛び出して来たからね」

「えっ？　じゃあきみたちは、あの葉っぱくんたちの仲間なの？」

「ああ。すんでいる場所も、花の形もちがうけれど、あいつら、ぼくたちと同じ仲間さ」

「じゃあ、きみたちも？」

「そうさ。ぼくたちもあじさいさ」

「そうなんだ……。実はボク、あの葉っぱくんたちに助けてもらって……」

「そうか。そいつはよかった」

　葉っぱくんたちはうれしそうに顔を見合わせました。

「この坂のずっと上の方に、もっとたくさんのあじさいがさいてる。昨日の葉っぱたちは、きっとそこの葉っぱだよ」

「そうだ、かえるくん。あいつらのことを教えに、そこまで行ってくれないか？」

「きっと、心配しているだろうからな」

「うん。じゃあ、ボク、行ってみるよ」

「けれど、だいぶ遠いぞ。大丈夫か？」

「うん。ボク、はねるの、得意だから」

「そうか。無理するなよ」

「かえるくん、気をつけてな。ぼくたちの仲間によろしく」

「うん。ありがとう」

　かえるくんは、坂の上の方へ向かって進み始めました。

ピョン　ピョ～ン　ピョンピョン　ピョ～ン
ピョ～ン　ピョンピョン　ピョンピョンピョンピョ～ン

けれど、どこまで行っても、昨日の場所にはたどり着きません。

そりゃあそうです。おばあちゃんが車を運転して、急カーブを右に左に曲がりながら、必死に追いかけたんですから。かえるくんがいくらジャンプしても、かんたんにもどれるきょりじゃありません。

それでもかえるくんは、あきらめずに、必死にジャンプを続けます。

ピョン　ピョ～ン　ピョンピョン　ピョ～ン
ピョ～ン　ピョンピョン　ピョンピョンピョンピョ～ン

頭の上にいたお日様が、だんだん西の方にかたむいて、辺りは少しずつ、夕焼け色にそまってきました。

そして、キラキラとかがやく星がひとつ、見え始めたころ、かえるくんはようやく、昨日おばあちゃんが車をとめた場所の近くまでたどり着きました。

（ここだ。確《たし》か、この辺りで、ふくろの中に入れてもらったんだ）

おばあちゃんの手がかりが何かないかと、かえるくんは辺りを見回しました。しかし、もうお日様はすっかりしずんでしまい、真っ暗です。

（仕方ない。今夜はここで、ねるしかないか）

「お～い」

「？？？」

「お～い。こっち、こっち」

かえるくんは、声のする方へピョン、ピョン、ピョン。

「お～い。ここだよ、ここ」

かえるくんが見上げると、そこでは、今朝、がけの上で会った葉っぱくんたちと同じ形の葉っぱくんたちが、ピンクやむらさきのきれいな花といっしょに、月明かりに照らされながら、風にゆれていました。

「きみ、昨日の、おばあちゃんのかえるくん、だろ？」

「あ、あじさいさん。わー、こんなにたくさんいたんだね」

「ああ。ぼくらは昨日、きみとふくろの中でいっしょだった葉っぱたちの仲間さ」

「ところで、あいつらのすがたが見えないけれど、かえるくん、いっしょじゃ、なかったのかい？」

「ごめんなさい。ボク、あの葉っぱくんたちに命を助けてもらったんだ」

かえるくんは、泣きそうになるのをがまんして、一生けん命話しました。

「最初の葉っぱくんは、ボクをヘビから守るために、ヘビといっしょに、がけのずっと下の方へ落ちていっちゃった。もう一枚《まい》の葉っぱくんは、木から落ちたボクを乗せてくれて、そのまま地面へ……」

でも、それだけではありませんでした。話をしているうちに、かえるくんは、ふくろが転がり始めた時からずっと、何かに包みこまれ、守られているような感じがしていたことを思い出したのです。

「坂を転がっていた時も、車にはねられた時も……。ボクが、けがひとつしなかったのは、きっと葉っぱくんたちが守ってくれていたからなんだ……」

「そうか。あいつら、おばあちゃんとの約束を、ちゃんと果たしたんだな」

一枚の葉っぱがぽつりと言いました。

〝かえるくんといっしょにいてあげて〟

そんな、おばあちゃんの言葉を思い出したかえるくんの目から、大つぶのなみだが、ポタポタとこぼれ落ちました。

「かえるくん……」

すると、一枚の大きな葉っぱが、かえるくんの体にやさしくふれながら言いました。

「……でも、大丈夫《だいじょうぶ》さ。風がふけば、ぼくらはいつでも飛んで行けるんだから」

「そ、そうだよ。あいつらもきっと、次の風を待っているだろうさ」

「待っているだろうさ」

「じゃあ、あの葉っぱくんたちに、また会えるんだね」

「ああ。もちろんさ！」

葉っぱくんたちの力強い言葉に、かえるくんはほっとし、元気をとりもどしました。

「それより、かえるくん。これからどうするつもりだい？」

「ボクかい？　ボクは、絶対《ぜったい》、絶対、なにがなんでも、おばあちゃんのところへかえるつもりだよ」

葉っぱくんたちはおどろいて顔を見合わせると、口々に言いました。

「でも、きみは、おばあちゃんの車でここまで来たんだろ？　おばあちゃんの家までの、道はわかっているのかい？」

「それに、どれほど遠いかわからないぜ」

「道路にそって、はねていくにしても、車はたくさん走ってるし」

「かえるくんが、車にはねられるかもしれないぜ」

「無理しないほうがいいと思うぜ」

「それよりも、ここから少し行ったところに、『坂の上池』という池がある。そこなら、きみと同じ色のかえるたちが暮《く》らしているよ」

「この辺りの池が『開発』とかでいくつもうめられて、すむ場所をなくしたかえるたちがたくさん来ているらしい。あの池なら、きみも仲間に入れてもらえるだろう。まずはそこでゆっくり休んで、おばあちゃんのことはいずれ考えればいい」

「そうそう。かえるは、かえるといっしょがいい。仲間といっしょが一番さ」

「な？　そうしろよ」

葉っぱくんたちの、かえるくんを思う気持ちが、かえるくんにも伝わってきます。

けれどもかえるくんは、自分の気持ちを確《たし》かめるように、ゆっくりと言いました。

「ありがとう。でも、ボクはどうしても、おばあちゃんのところにかえるんだ」

「どうしてそこまで、おばあちゃんにこだわるんだい？」

「実はね……」

かえるくんは、おばあちゃんと出会った時のことや、それから今日までのことを葉っぱくんたちに話しました。

「……そうか。そうだったのか」

「それなら、かえるくんは、おばあちゃんのところに帰らなきゃな」

「ああ、そうするべきだ。でも、今日はもう遅《おそ》い。暗くなったら道がわからないし、悪いやつも出てくるから。今夜は、ぼくたちのかげにかくれて、ねむればいいさ」

「ホント？　いいの？」

「ああ。もちろんさ」

「ぼくたちのだれかが、必ず見張《みは》っているから、かえるくんは安心してねむるといい」

「うん。ぼくたちに、まかせておいて」

「まかせておいて」

「ありがとう」

かえるくんは、ほっとして、葉っぱのベッドに横になりました。

上の方を見ると、あじさいの花がかえるくんをやさしく見つめています。かえるくんはちょっとはずかしくなって、目をとじました。

目をとじると、ヘビやカラスにおそわれたこと、木の枝《えだ》から落ちたこと、葉っぱくんに助けられたことなどが、次から次へとうかんできて、なかなかねむれません。

でも、やはりつかれていたのでしょう。かえるくんは、やさしいおばあちゃんの笑顔を思い出すと、少し心が落ち着いて、やがてねむりにつきました。

# 二　おばあちゃんとかえるくん

「母さん、もうあきらめろよ。それに、昨日の夜から食べていないなんて。体をこわしたらどうするんだ」

「でもね、あのかえるくんは、大切な大切なかえるなの。あきらめるなんてできないわ。ねえ、もう少し先のがけだったのかも……。もう一度、もう少し先の方まで……」

「同じことだよ。どっちにしてもあんながけ、下りて行けるわけないじゃないか。それに、あんなところから落ちたんだとしたら、いくらかえるでも……」

おばあちゃんの家には、息子《むすこ》の健《たけし》と孫の虹子《にじこ》が来ていました。

昨日の夜のおばあちゃんからの電話で、おばあちゃんが昨日、一日中かえるくんのことを探《さが》していたことを知った二人は、朝一番でおばあちゃんの家へ行き、おばあちゃんと三人で、あのがけまで行ってみたのです。

「でも、おばあちゃんにとっては、かけがえのないかえるくんなんでしょ？　おじいちゃんとの思い出の……」

おばあちゃんの背中《せなか》をやさしくさすりながら、孫の虹子《にじこ》が言いました。

「虹子、そうは言っても、無理なものは無理だ」

「そりゃあそうだけど……」

おばあちゃんは肩《かた》を落としたまま、じっと目を閉じています。

「そうだ、虹子。ちょっと……」

そんなおばあちゃんをじっと見ていたお父さんが、何か思いついたように、虹子を手まねきしました。

おばあちゃんの部屋《へや》を出ると、お父さんが小さな声で言いました。

「この家のうらの、坂道をずっと行って、上がり切ったところに神社があるだろ？」

「神社？　ああ、青空神社ね。おじいちゃんに何度も連れて行ってもらったわ」

「あそこの池、神社池には、かえるがたくさんすんでいる。虹子、あそこから一匹《いっぴき》、かえるを捕《つか》まえてきてくれないか」

「え？　かえるを？　いやよ。わたしがかえる、苦手なの、知ってるでしょ」

「おばあちゃんのためじゃないか」

「それはそうだけど……。じゃあ、お父さんが捕まえてくればいいじゃない」

「お父さんがかえる、苦手なの、知ってるだろ？」

「だったらわたしが苦手なのもいでんでしょ？　それにおばあちゃん、きっとわかるよ」

「わかる？」

「うん。おばあちゃんのかえるくんじゃないって、きっと……」

「かえるなんて、どれも似《に》たようなもんだろ？　同じアマガエルだったらわかるもんか」

「そうかなあ。おばあちゃんのかえるは、あのかえるくんだけだと思うけどなあ」

「……とにかく、おばあちゃんが元気を取りもどすことが一番だ。お父さんも方法を考えるから、虹子も力をかしてくれ」

　そう言うとお父さんはおばあちゃんに声をかけました。

「母さん。また帰りに寄《よ》るから。ご飯、ちゃんと食べてくださいよ」

そう言ってお父さんは仕事に出かけました。

「じゃあ、おばあちゃん。わたしも学校に行ってくるね」

「ああ、虹子《にじこ》。すまなかったねえ。いっしょに探《さが》してくれてありがとう」

「おばあちゃん、元気出して。ちゃんとご飯、食べてね。帰りにまた寄《よ》るからね」


孫の虹子は小学校四年生。おばあちゃんの家から少しはなれたところに、お父さんとお母さんと住んでいます。どちらの家も学校からはそれほどはなれていないので、帰りにはよくおばあちゃんの家に寄っていたのです。

お父さんも虹子も出かけてしまい、家にはおばあちゃん一人きり。おばあちゃんはベッドに横になったまま、かえるくんと出会った時のことを思い出していました。

＊　＊　＊

かえるくんがおばあちゃんの家に来たのは、今からちょうど一年前。

長いこと入院していたおじいちゃんが、一時退院《たいいん》した時のことです。

実は、おじいちゃんの病気はとても重くて、いろいろと試した薬もほとんど効果《こうか》がなく、もう手術《しゅじゅつ》もできない状態《じょうたい》でした。

「最期《さいご》ぐらいはおばあさんと、家で過《す》ごしたいもんだ」

おじいちゃんの言葉を聞いたおばあちゃんは、近所のかかりつけ医の岡田《おかだ》先生と相談して、おじいちゃんとの最期の時間を家で過ごそうと決めたのです。

病院から、おばあちゃんの運転で家に向かう途中《とちゅう》、おじいちゃんが言いました。

「ちょっとだけでいいから……、あの池に寄ってくれないか？」

青空がうつる池の水面《みなも》をゆらして、まだ少し尾が残っている子がえるが、何匹《なんびき》も岸を目指して泳いでいます。それを見守るように、ハスの葉や、池の岸にあるあじさいの葉っぱの上には、たくさんのアマガエルがとまっています。

「ここらは昔とちっとも変わらないなあ」

車を降《お》りたおじいちゃんは、おばあちゃんに手をかしてもらって、一歩一歩、何かをふみしめるように歩きながら言いました。

「まだ満開には間があるみたいだね、ここのあじさいは。そういえば、ここの神主《かんぬし》さんがくれたあじさいを、さし木して大きくなったのが、うちの庭のあじさいだ」

「今では庭いっぱいに広がりましたからねえ」

「ああ。毎年、ご近所にも分けてきたから、ご近所もあじさい満開さ」

「わたしたちが出会ったのも、この神社でしたね」

「ああ、あれはいつだったか……」

「もう、六十年以上も前のことですよ」

「そうか。もうそんな昔のことになるか」

「近所のいじめっ子たちにいじめられているわたしを、おじいさんが助けてくれたんでしたよね」

「そうだった、そうだった」

「でも、反対に、そこの池に落っことされて……」

「ああ。だけど、起き上がったわたしの頭や体に、かえるが五匹《ひき》も乗っていたもんだから、いじめっ子たちがあわててにげていったんだったな。わ〜、かえるおばけだ〜って言いながら……」

池のかえるたちも、いつの間にか、おじいちゃんとおばあちゃんの話を聞いています。子がえるたちが不思議そうな顔で、おじいちゃんとおばあちゃんの顔を見ています。

「あれ以来、この池のかえるたちは、おばけどころか、わたしたちの神様みたいな存在《そんざい》になりましたね」

「ああ。わたしが子どものころから、この池のかえるとは友達だった。ここのか

えるたちがわたしたちを助け、わたしたちを結び付けてくれたのさ」

おばあちゃんの手のひらに一匹《いっぴき》のかえるが近づいてきて乗りました。おばあちゃんはふっと笑って、かえるをやさしく見つめます。すると、かえるははずかしくなったのか、また池にチャポンと飛びこみました。


しばらく池をながめていたおじいちゃんが、とつ然、大きな声で、かえるたちに呼《よ》びかけました。

「おまえたちにも、世話になったな〜。ありがとう。わたしは、これでお別れだ。もし、できることなら、これからも、おばあさんの友達でいてやってくれ〜」

池にいた何匹《なんびき》かのかえるたちは、おじいちゃんとおばあちゃんに気づかれないように、そっと後ろを向きました。だって、かえるが泣いているところなんかを、おじいちゃんやおばあちゃんに見られたくなかったのです。


おじいちゃんが車に向かって歩き始めた時、かえるたちの中から一匹のかえるが飛び出しました。さっき、おばあちゃんの手のひらに乗ってきたかえるです。

池のかえるたちが、あわてて声をかけました。

「お、おい。どうするつもりだ」

「ボク……、あのおばあちゃんたちといっしょに行きます」

「いっしょに行くって……。どこに行くのかもわからないじゃない。もう、もどってこられないかもしれないわよ」

「もどってくるつもりはありません。ボク、あのおじいちゃんとおばあちゃんのそばにいてあげたいんです」

そう言って、おばあちゃんの車にしがみついたのが、おばあちゃんの、あのかえるくんだったのです。

かえるくんはおばあちゃんの車にぴったりとはり付くようにして、おじいちゃんとおばあちゃんの家までたどり着きました。

かえるくんはおじいちゃんが車から降《お》りたのを見ると、思い切っておじいちゃんの肩《かた》に飛び乗りました。

おばあちゃんに手を引かれて、ゆっくりと歩くおじいちゃんの肩《かた》の上から、かえるくんは、あちらこちらを見回しました。

庭のあちこちに、神社池の周りにさいていたのと同じ花がさいている、きれいな庭でした。その花の、ひときわ大きなかぶの下に、小さな池がありました。

おじいちゃんはおばあちゃんに手を引かれ、玄関《げんかん》までの階だんを一だん一だん、ゆっくり上っていきます。

ようやく玄関にたどり着いた時、おばあちゃんが、かえるくんに気づきました。

「あら。おじいさん。いつのまにか、かえるが……」

「ん？　おや、本当だ。神社池からついてきたんだろうか」

「じゃあ、元にもどしてあげないと……」

おばあちゃんはおじいちゃんの肩に、そうっと手をのばしました。

かえるくんは身動き一つせず、おばあちゃんの手のひらに包みこまれました。

「あら、おとなしい子だこと」

おばあちゃんはそっと手のひらを開きました。おばあちゃんの手のひらのかえるくんを、おじいちゃんとおばあちゃんのやさしい目がのぞきこみます。

「本当におとなしい子だ」

「あら？　この子、さっきのかえるくんだわ。ねえ、おじいさん。この子、わたしたちのこと、じっと見つめてますよ」

「ああ、まるで何か言いたいみたいだな」

かえるくんはおじいちゃんとおばあちゃんの顔を見た後、ゆっくり池の方を向きました。

「……?!　ああ、あの池かい。息子《むすこ》が最近、作ってくれたのさ。わたしが退院《たいいん》したら、何か飼《か》うといいと言ってね。……あそこにすむつもりかい？」

かえるくんは、おじいちゃんとおばあちゃんの方を向くと、その四つの目をじっと見つめました。そして大きくうなずくと、その池に向かってジャンプしました。

〈チャポン〉

池の水面《みなも》に小さな波が輪のように広がり、かえるくんが岸に向かって泳いでいくのが見えました。

「なんだ、おとなしいと思っていたら、行動力もあるやつだ」

「大丈夫《だいじょうぶ》でしょうかねえ、一匹《いっぴき》ぼっちで……」

「おばあさんがいるだろう」

「えっ？　わたしが、ですか？」

「ああ。お互《たが》いに、一匹ぼっちとひとりぼっち。仲良くやっていってくれ」

「おじいさん……」

「はは、じょう談、じょう談。まだまだおばあさんをひとりぼっちにするわけにはいかないよ」


そう言って笑ったおじいちゃんが亡《な》くなったのは、一時退院《たいいん》からわずか五日後。

おじいちゃんはすっかり細くなってしまった手で、おばあちゃんの手をにぎりしめ、

「また、あの池で……いや、今度はもう少しかっこいい出会いがいいかなあ」

そう言って、ニコッと笑ってから息を引き取りました。

もちろん、かえるくんはその場面を見ていたわけではありません。

かえるくんがおばあちゃんの家に来て七日目のこと。夕方、黒い服を着た人がたくさんおばあちゃんの家をおとずれました。

（何事だろう……）

かえるくんは、あじさいの一番上の葉っぱに上ってみました。

お昼前、おじいちゃんの写真を持ったおばあちゃんが、黒い服を着た、たくさんの人たちに、あいさつしているのが見えました。

おばあちゃんのとなりには、何か文字が書いてある木の板のような物を、両手で大切そうに持った男の人が立っていて、いつもなら空色の車を、自分で運転して出かけるおばあちゃんが、黒い車の助手席に乗って出かけるのを見ました。

お昼過《す》ぎ、おばあちゃんたちが帰って来ました。

黒い服を着た人たちは数人だけになっていて、おばあちゃんは、行く時に持っていたおじいちゃんの写真の代わりに、白い布《ぬの》に包まれた四角い箱をかかえていました。

おじいちゃんの写真を持った女の人に、女の子が、大つぶのなみだをぽろぽろ流しながら、しがみついていました。

次の日の朝、かえるくんがあじさいの葉っぱの上でお日様の光を浴びていると、おばあちゃんがやってきました。

「かえるくん……。おばあちゃん、とうとう、ひとりぼっちになっちゃったわ」

おばあちゃんの目から、大つぶのなみだがあふれてきました。

「あら、やだ。わたしったら。かえるくんにこんなこと話しても、仕方ないのにねえ」

そう言いながらもおばあちゃんは、かえるくんの目をじっと見つめながら、一時退院《たいいん》で家に帰って来てからの、おじいちゃんの様子を話し始めました。

「やっぱり家のご飯が一番うまいなあ」

そう言いながら、シャケの切り身を乗せた白いご飯をおいしそうに食べたこと。

鏡をのぞきこんで、

「かみの毛も切ってさっぱりしたいなあ」

と言いながら、ひげをそっていたこと。

そして、庭のあじさいをじーっと見つめ、

「庭にさいた花に包まれて旅立てるなんて、わたしは幸せだなあ」

と、本当にうれしそうに言ったこと……。


次の日も、その次の日も、おばあちゃんはかえるくんのところに来ては、同じ話をして、目になみだをたくさんためたまま、部屋にもどっていきました。

おばあちゃんの話は毎日同じでした。でも、日がたつにつれて少しずつ、おじいちゃんのこと以外の話題もふえてきました。

「昨日も虹子《にじこ》が学校の帰りに寄《よ》ってくれたの。やさしい孫でしょ？」

「このところ、息子《むすこ》はずっといそがしいみたいでね。でも四十九日は日曜だから……」

（おばあちゃん、なみだがずいぶん減《へ》ってきたな）

かえるくんは思いました。

そして、二週間ほどたったある日の朝。

おばあちゃんは、かえるくんに、

「じゃあ、買い物に行ってくるわね」

と言って、久《ひさ》しぶりににっこり笑うと、いつもの、あの空色の車に乗り込んで出かけていきました。

やがてあじさいの季節が終わり、暑い日差しが続くようになったある日の朝、黒い服を着たおばあちゃんが少しさびしそうな顔で、かえるくんに話しかけてきました。

「いよいよ、お別れなの。もう、そんなにたったのかしら」

おばあちゃんの横には、息子《むすこ》の健《たけし》と孫の虹子《にじこ》が立っていました。

「ほら、母さん。そろそろ出かけないと」

「はいはい。わかってますよ。じゃあ、行ってくるからね」

「なんだ、だれに話しかけてるかと思ったら、かえるじゃないか」

「なんだってことはないでしょう?　こうやって、いつもわたしの話を聞いてくれるんだ

郵 便 は が き

料金受取人払郵便

新宿局承認

3971

差出有効期間
2022年7月
31日まで
（切手不要）

1 6 0-8 7 9 1

1 4 1

東京都新宿区新宿1－10－1

**(株) 文芸社**

愛読者カード係 行

| | | | |
|---|---|---|---|
| ふりがな<br>お名前 | | 明治 大正<br>昭和 平成 年生 歳 | |
| ふりがな<br>ご住所 | □□□-□□□□ | 性別<br>男・女 | |
| お電話<br>番 号 | （書籍ご注文の際に必要です） | ご職業 | |
| E-mail | | | |
| ご購読雑誌(複数可) | | ご購読新聞<br>新聞 | |

最近読んでおもしろかった本や今後、とりあげてほしいテーマをお教えください。

ご自分の研究成果や経験、お考え等を出版してみたいというお気持ちはありますか。

ある　　ない　　内容・テーマ（　　　　　　　　　　）

現在完成した作品をお持ちですか。

ある　　ない　　ジャンル・原稿量（　　　　　　　　　　）

| | | | | |
|---|---|---|---|---|
| 書　名 | | | | |
| お買上<br>書　店 | 都道<br>府県 | 市区<br>郡 | 書店名 | 書店 |
| | | | ご購入日 | 年　月　日 |

本書をどこでお知りになりましたか?

1.書店店頭　2.知人にすすめられて　3.インターネット(サイト名　　)

4.DMハガキ　5.広告、記事を見て(新聞、雑誌名　　)

上の質問に関連して、ご購入の決め手となったのは?

1.タイトル　2.著者　3.内容　4.カバーデザイン　5.帯

その他ご自由にお書きください。

(　　)

本書についてのご意見、ご感想をお聞かせください。

①内容について

②カバー、タイトル、帯について

弊社Webサイトからもご意見、ご感想をお寄せいただけます。

ご協力ありがとうございました。

※お寄せいただいたご意見、ご感想は新聞広告等で匿名にて使わせていただくことがあります。

※お客様の個人情報は、小社からの連絡のみに使用します。社外に提供することは一切ありません。

■書籍のご注文は、お近くの書店または、ブックサービス(0120-29-9625)、セブンネットショッピング(http://7net.omni7.jp/)にお申し込み下さい。

から」

「おばあちゃん、かえると話ができるの？　そのかえる、人間の言葉がわかるってこと？」

「言葉がわかるかわからないかなんて、大した問題じゃないわ」

「え？　でも……」

「言葉が通じるかどうかよりも、大事なのは気持ちが通じるかどうかってことなのよ」

「う〜ん。でも、かえると気持ちが通じてもなあ」

「おやおや。そんなことを言うなんて、虹子はかえるのことがきらいなのかしら？」

「う〜ん。おばあちゃんには悪いけど……好きじゃない、かなあ」

「あらあら、そうなの。こんなにかわいいのに……」

「う〜ん。かわいいとは思うんだけど……」

「思うんだけど？」

「ほら、急にとぶでしょ？」

「そりゃあ、とびますよって、断《ことわ》ってからとぶような生き物はいないでしょ」

「う〜ん。でも、急にこっちに来たりすると……」

「ほら、な。虹子《にじこ》もかえるは苦手だとさ」

「なんだい、お前まで。小さいころはおじいさんと、あの池で、よくかえると遊んでいたじゃないの」

「いや、ある日、急にダメになった」

「急に？　かえるにおそわれでもしたの？」

「いや、急にぼくの方にとんだんだ」

「バッタは今でも平気でしょ？」

「バッタは真っすぐにしかとばないからね」

「何をわけの分からないことを……だいたいかえるを……」

おばあちゃんの言葉をさえぎるように、健《たけし》が歩き出しました。

「ほ、ほら、そろそろ行かないと。ご住職《じゅうしょく》さん（お坊さんのこと）をお待たせするわけにいかないだろ」

「お母さんは夜勤《やきん》が明けたら、直接《ちょくせつ》、お墓《はか》の方へ行くって」

「そうなの。このご時世《じせい》、看護師《かんごし》の仕事は大変ねえ」

そう言って立ち上がったおばあちゃんのうでには、白い布《ぬの》に包まれた、あの四角い箱が、大切そうにかかえられていました。

次の日からおばあちゃんは、朝になると、まず、かえるくんに話しかけ、庭中の花たちに話しかけながら水をやり、庭に生えた雑草《ざっそう》を「ごめんね」と言いながらぬいて、そしてまたかえるくんに声をかけ、お昼からは買い物に出かけたり、散歩に出かけたり……。

でも、おじいちゃんが一時退院《たいいん》してからの数日間のことを、前のように、かえるくんに話すことはありませんでした。

季節は夏から秋へ変わり、木々の葉っぱが落ち始めたころ、かえるくんはおばあちゃんのことが気になりながらも、冬眠《とうみん》の準備《じゅんび》を始めました。

久《ひさ》しぶりにおばあちゃんが夕方になってから、かえるくんのところに来ました。

心なしか、おばあちゃんの顔は少しさみしそうに見えました。

「かえるくん。そろそろ、冬眠する時期じゃないの？」

これから春までの間、かえるくんとはしばらく会えなくなるということが、おばあちゃんにはわかっていたのです。

かえるくんがどう答えていいか困《こま》っていると、おばあちゃんが小さな赤い物を取り出しました。

「こんな物、じゃまかもしれないけれど……」

そう言って、おばあちゃんはその赤い物をかえるくんの背中《せなか》に乗せました。

「？？？」

「おじいさんが着ていたセーターの毛糸で編《あ》んだ毛布よ。こんな物、自然の中で生きているあなたには必要ないかもしれないけれど……。おじいさんが亡《な》くなった後、わたしをひとりぼっちにしないでおいてくれたお礼よ。こんな物でも、寒さをしのぐに、少しは役に立つかもしれないでしょ？」

おばあちゃんはそう言うと、かなりの葉っぱが落ちてしまったあじさいの枝《えだ》を見て、また、さみしそうな顔をしました。

「来年の梅雨《つゆ》のころにも、満開になってくれるといいわね。おじいさんを送った時みたいに、庭中のあじさいが……」

次の年の春、土の中から出て来たかえるくんを見つけたおばあちゃんは、飛び上がらんばかりによろこびました。

「やったわ、やった。今日は啓蟄《けいちつ》と言ってね。冬眠《とうみん》していた虫や生き物たちが土の中から出てくるっていう日なの。ちょうどぴったりに出てくるなんて、かえるくん、すごいじゃないの」

目を覚ましたばかりのかえるくんは、おばあちゃんが一気にまくしたてるのを、ねぼけまなこのまま聞いていました。

「あら。かえるくん。ちゃんと使ってくれてたのね？」

おばあちゃんはかえるくんの背中に、あの赤い毛布を見つけました。

かえるくんは冬の間、土の中で、おばあちゃんがくれた赤い毛布にくるまりながら冬眠していたのです。

春は一人前の生き物たちにとってはこいの季節。

かえるくんも、すてきな女の子を見つけてこいをする年齢《ねんれい》でした。でも、おばあちゃんの家のあじさい池には、かえるくん以外のかえるはいません。

もしも相手を探《さが》すとすれば、それはかえるくんが生まれた、あの青空神社の神社池に行くしかありませんでした。

けれど、神社池までは、おばあちゃんが運転する車にしがみついてきたほどのきょりです。人間にとってはなんでもないきょりでも、かえるがあの神社池までもどるのには、かなりの時間がかかるでしょう。

ふつう、かえるは子育てというものはしません。親はたまごを産んだら、それで終わり。やがて、たまごからオタマジャクシがかえり、そのオタマジャクシは、池に生えているコケなどを食べながら大きくなります。そして、手足が生えて陸《おか》に上がると、今度はひとり立ちして、それからは自分でエサを探して生きていくのです。

でも、かえるくんが生まれた神社池のかえるたちは、子育てをする、不思議なかえるたちでした。

つまり、かえるくんも、たまごからかえり、オタマジャクシとなり、陸に上がった後も、お父さんがえるやお母さんがえる、そしてきょうだいがえるたちといっしょに、家族として生活していたのです。それは、神社池にすむかえるたちの、昔からの決まり事でした。

「絶滅危惧種《ぜつめつきぐしゅ》」という言葉があります。

このまま放っておくと、絶滅してしまう、つまり、この世から消えてしまうことが心配される生き物のことです。

実は、あまり知られていないことですが、多くの種類のかえるが、絶滅の危機《きき》にあるのです。

原因《げんいん》はいろいろありますが、その多くはかんきょうの変化です。かえるがすむことのできるかんきょうがどんどん減《へ》ってきているのです。

おじいちゃんやおばあちゃんがまだ子どもだったころよりもずっと前、神社池にすむ一《いっ》匹《ぴき》のかえるが、池のおきて（きまりのこと）を決めました。かえるの仲間を絶《た》やさないためにはどうすればいいか、いくつかのルールが決められたのです。

その一つが「子育て」でした。

オタマジャクシが子がえるとなって、自分でエサをとることができる、つまり、一人前になるまで、親は子どもを育てる、ということを池のおきてとして決めたのです。

神社池にもどり、こいの相手を見つけ、夫婦となり、たまごを産んでもらう。そして、池のおきてにしたがうのなら、かえるくんは子育ての間、つまりあじさいの季節から夏、そして場合によっては秋まで、お父さんがえるとして神社池で過《す》ごさなければなりません。その間、おばあちゃんをひとりぼっちにしなければならないのです。

――あれから一年。

かえるくんはひとりぼっちになってしまったおばあちゃんの、話し相手を続けてきました。

もちろん、かえるくんに話ができるわけはありません。

でも、おばあちゃんは毎日毎日、朝と夕方に、かえるくんに話しかけてきたのです。かえるくんは、そんなおばあちゃんの顔をじっと見つめ、だまって話を聞いていました。

「お互《たが》いに、一匹ぼっちとひとりぼっち。仲良くやっていってくれ」

おじいちゃんがおばあちゃんに言った言葉が、かえるくんには思い出されます。

「来年の梅雨《つゆ》のころにも、満開になってくれるといいわね。おじいさんを送った時みたいに、庭中のあじさいが……」

すっかり葉っぱが落ちてしまったあじさいの枝《えだ》を見ながらそう言った、おばあちゃんのさみしそうな顔がわすれられません。

(いつかは別れなければならない時が来るだろう。それは仕方ない。でも、今年のあじさいの季節、おばあちゃんをひとりぼっちにするわけにはいかないよ)

かえるくんは心にそう決めて、この春は神社池にもどらないことにしたのです。

庭のあじさいが小さな花をさかせ始めたころ、おばあちゃんがかえるくんに話しかけました。

「もうすぐ、おじいちゃんが亡《な》くなって、ちょうど一年になるわ。去年の今ごろ、一時退《たい》院《いん》してきて……かえるくんがこの家に来てからも、ちょうど一年ね。早いのか遅《おそ》いのか……。でも、改めて、一年、って言われると、なんだか急にさみしくなってしまってね……」

かえるくんがおばあちゃんの車のワイパーの上で昼ねをしたまま出かけてしまい、葉っぱくんたちとがけの下へ落ちたのは、この次の日のことだったのです。

＊　＊　＊

「じゃあ、おばさん。しっかり食べて、しっかりねてくださいね」

「ありがとうね。康弘《やすひろ》ちゃんにまで心配かけちゃって」

おばあちゃんの部屋《へや》から出てきたのは、近くにある岡田医院の若《わか》先生でした。

部屋の外にいた息子《むすこ》の健《たけし》が先生に声をかけました。

「わざわざすまなかったな」

「な〜に、ちょうど、おじさんに、線香、あげることができたしな。そろそろ一年か」

「ああ。ちょうど去年の今ごろだ」

「それにしてもおどろいたよ。まさか、かえるぎらいのお前といっしょに、かえるを捕《つか》まえに行くことになるとはな」

「おふくろがあんなじゃ、何とかしなきゃと思ってな。で、どうなんだ?」

「どこが悪いってことじゃないさ。だいぶショックは受けているけどね。念のため、栄養ざいを出しておいたけれど……とにかくよくねて、しっかり食べることだな」

健は、仕事に行ったものの、やはりおばあちゃんのことが心配で、仕事が終わるとすぐに、お医者さんをしている幼《おさな》なじみの岡田先生に電話をし、おばあちゃんのことを相談していたのでした。

「で、どうなんだ。その中に同じようなのはいるのかい?」

玄関《げんかん》先でくつをはきながら、岡田先生が言いました。

「どうなんだろうな。ぼくにはどれも同じに見えるけどね。おふくろがどう思うか……」

二人の視線の先には、数匹《すうひき》のアマガエルが入った飼《し》育《いく》ケースがありました。

「かえるだったらどれでもいい、ってことじゃないんだろうな。おじさんとの思い出のかえる……。代わりになるものなんてないのかもしれないな」

「ああ。でも、少しでも気がまぎれればと思ってね」

「お前の気持ちは伝わるだろうさ。おばさんも頭ではわかっているはずだ」

「どうだ？　ちょっと飲んでいかないか？」

「いや、もう一けん、訪《たず》ねたいところもあるんでな。また寄《よ》らせてもらうよ」

玄関を出ようとした岡田先生は一度立ち止まり、飼育ケースをのぞきこみながら、言いました。

「じゃ、たのんだぞ」

# 三　かえるくんと葉っぱくん

あじさいの花たちに見守られながら、葉っぱのベッドでぐっすり朝までねむったかえるくん。おばあちゃんの夢《ゆめ》でも見ていたのか、起きた顔にはなみだのあとがありましたが、朝のお日様の光を浴びると、すぐに元気を取りもどしました。

するとと、二枚《まい》の葉っぱが口々に言いました。

「今日はちょっと風が強くなりそうだから、ぼくたち、ちょっと、調べに行ってくるよ」

「調べに行ってくるよ」

「それに、風がふいていく方向も、けっこう、いい感じなんだ」

「感じなんだ」

かえるくんは、きょとんとした顔でたずねました。

「調べにって、いったい何をだい？」

「もちろん、かえるくんの、おばあちゃんの家が、どこにあるのかをさ」

「そうそう」

「おばあちゃんの車が、走って来た方へ、ふく風だからね」

「ふく風だからね」

「えっ？　でも、そんなことをして、きみたちはここにもどってこられるのかい？」

「昨日も言っただろ？　ぼくたちは、風がふけば、いつでも飛んでいけるって」

「いけるって」

「……」

「おばあちゃんについて何かわかったら、知らせに、だれかをよこすから」

「葉っぱくん……」

かえるくんは心配そうな顔をして、葉っぱくんたちを見ました。

「大丈夫《だいじょうぶ》さ。今の時期、ぼくたちの仲間は、いろいろなところでさいているからね」

「空の上からでも、わかるくらいにね」

「それに、鳥の中にも、親切なやつはいるんだってさ。空を飛んでいると、鳥がいろんなことを教えてくれるらしいんだ」

「らしいんだ」

そう言いながら、一枚《まい》の葉っぱが鳥のようにパタパタ動いてみせました。

「ありがとう。葉っぱくんたち。じゃあ、ボクはもう少しこの辺りをはねてみて、おばあちゃんの家の手がかりを探《さが》してみるよ」

「ああ。ただ、あまり遠くへは行かない方がいいぞ」

「そうそう」

「この辺り、ヘビやカラスが、けっこうウロウロしているからね」

「ウロウロしているからね」

一枚の葉っぱが、次はヘビのようにニョロニョロと動いてみせました。

「道のはじをはねるんだぞ」

「はねるんだぞ」

「それから、道路を横切るときは、車に、特に、気をつけること。急な飛び出しは、絶対《ぜったい》に、ダメだからな」

「ダメだからな」

「うん。ちゃんと右、左を確《たし》かめてからわたるよ」

そう言って、かえるくんが右、左と顔を動かしたとき、サーッと強い風がふきました。

「よし。いい感じの風がふいてきた」

「うんうん。ふいてきた」

「じゃあ、かえるくん。ちょっと出かけてくるよ」

「出かけてくるよ」

「気をつけてね。必ずかえってきてね」

「ああ。必ず帰ってくるさ。じゃあ、行くよ。みんな、準備《じゅんび》はいいか？」

「え？　あ、う、うん」

声をかけられたひとまわり小さな葉っぱ二枚《まい》が、思わず後ずさりしました。鳥やヘビのまねをしていた葉っぱたちです。

「ほら。今だって！」

「ちょ、ちょっと待って……」

「ダメ！　ほら、今だ。ヤッ！」

森の方からふいてきた強い風に乗って、四枚の葉っぱくんたちが、枝《えだ》からはなれ、空にまい上がりました。

「あんなに高く……。大丈夫《だいじょうぶ》かなあ」

「かえるくん、心配性《しょう》ねえ」

「ほんと。まるでお母さんみたい」

「大丈夫よ。あの人たち、あれでけっこうがんばり屋さんだから」

「いい知らせが来るといいわね」

あじさいの花たちが言いました。

「うん。ありがとう」

かえるくんは、四枚の葉っぱくんたちを見送ると、さっそく辺りを調べ始めました。

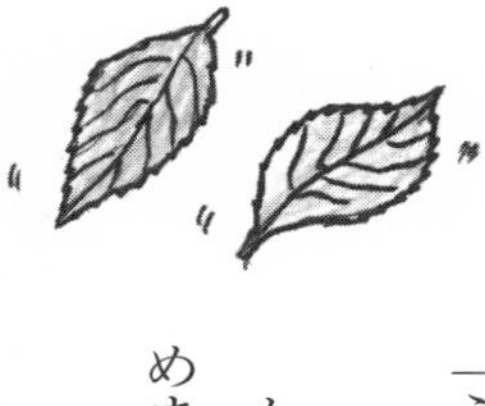

ピョン　ピョン　キョロキョロ　ピョンピョンピョ〜ン

けれど、かえるくんのジャンプで調べることができるのは、とてもせまいはんいで、おばあちゃんの家の情報《じょうほう》は何一つ見つかりませんでした。

「ああ。やっぱり、いくらがんばってジャンプしても、空を飛ぶのにはかなわないや。ボクのジャンプだけでおばあちゃんの家のことを調べるなんて、とんでもなく大変なことかもしれないな」

それでもかえるくんは、お日様が頭の上まで昇《のぼ》ったころには、一つ先のカーブの向こうまで進み、お日様がしずむ前にもどってきました。

「あ、かえるくん、お帰り」

あじさいの花がかえるくんをむかえます。

「ただいま。あれ？　朝、出かけていった葉っぱくんたちは？」

「ああ。あの人たち……。実は、まだもどってきていないのよ」

「えっ？　そうなの？」

話を聞いていたほかの葉っぱたちが答えます。

「ああ。今日は一日中、風向きが、変わらなかったからな」

「朝とは、反対向きの風が、ふかないと、ここには、もどってこられないんだよ」

「そうなのかあ。どこにでも自由に行けるっていうものでもないんだね」

「ああ。風まかせっていう、言葉があるだろ？」

「風まかせ？」

「ぼくら葉っぱは、残念ながら、自分の思う通りには、飛べないのさ」

「そうそう。だから、風を読むってことが、大事なんだよ」

「風を、読む？」

「そう。風の強さや向き、どのくらいふき続けるか……。それらを見きわめるのさ」

「でも、それだけじゃダメなんだ。『待《ま》てば海路《かいろ》の日和《ひより》あり』っていう言葉もあるからね」

「そうそう。『人事《じんじ》を尽《つ》くして天命《てんめい》を待《ま》つ』っていう言葉もあるからね」

「……」

ぽかんとしているかえるくんを見て、葉っぱくんが言いました。

「あきらめないで、信じて待てば、いいことがあるってことさ」

「やれるだけのことをやったら、あとは、信じて待つってことさ」

（あきらめないで、やれるだけのことをやって、信じて待つ……）

かえるくんは、その言葉を心の中で何度もくり返しました。

「で、かえるくんの方は、何か、わかったのかい？」

葉っぱくんたちに聞かれて、かえるくんは肩《かた》を落として言いました。

「ううん。ダメだった。でも、明日はもう少し先まで行ってみようと思うんだ」

「ジャンプで行くんだろ？　大変じゃないのかい？」

「大丈夫《だいじょうぶ》。これでもジャンプには自信があるんだ。明日は今日より早起きして、もっと遠くまで行ってみようと思うんだ」

「そうか。だったら、早く、ねた方がいいぞ」

「そうだ、そうだ」

「大丈夫。今夜も、ぼくたちが、守っているから」

「守っているから」

「ありがとう」
次の日の朝、かえるくんは、お日様が昇《のぼ》る少し前に起き、葉っぱくんについていた夜つゆを飲んでから出発しました。
ピョン　ピョン　キョロ　キョロ　ピョン　ピョン　ピョ～ン
ピョン　ピョン　ケロ　ケロ　ピョン　ピョン　ピョ～ン

何度もジャンプしているうちに、かえるくんは、あることを思いつきました。

（強い風がふいてきた時に思いっきりジャンプしたら、ボクも葉っぱくんたちみたいに、風に乗れるんじゃないかなあ……）

ちょっとこわい気もしました。

葉っぱくんたちは、「風まかせ」と言っていました。

自分の思うような方へ飛んでいくことはできないのだ、と。

もしも、思っていた方とはちがう方へ飛ばされてしまったら、おばあちゃんのところへ帰るどころか、もう、あじさいたちのところへも、もどってこられないかもしれません。

それでもかえるくんは、ちょう戦してみることにしました。

実は今朝、起きた時、かえるくんは、思ってもみなかったことを知ったのです。

＊　＊　＊

かえるくんが夜つゆを飲んでいた時、葉っぱくんたちが声をかけてきました。

「あ、かえるくん。おはよう。早いね」

「あ、おはよう。おかげでぐっすりねむれたよ。あれ？　昨日の夜、ここにいた葉っぱくんたちは？」

「あ、あいつらかい？　あいつらは……少し前に、ふいてきた風に乗って出かけたよ」

「えっ？　出かけた？」

「うん。昨日の朝に出かけたやつらが、向かった方向とは、少しちがう方へ、ふいていく風だったからね」

「何か、手がかりが、見つかればって言って、飛んでいったよ」

「そう、なの……」

かえるくんは、しょんぼりとうつむいてしまいました。

「気にするなって。あいつらも、かえるくんに、勇気づけられたんだから」

「ボクに勇気づけられた？」

「ああ。ぼくたち葉っぱは、枝《えだ》についているだけで、他の場所に、出かけたことなんか、ないだろ？　まあ、それでも、水をはき出したり、養分を作ったり、あじさいの花をきれいにさかせるために、ちゃんと、役には立っているんだけどね」

「でも葉っぱくん。それって、すごいことだよね」

そう言って、かえるくんはあじさいのきれいな花に目を向けました。

「でも、それはまあ、ぼくたち自身のためでも、あるわけで……。でも、それだけじゃなくってさ……。なんか、人の役に立ちたいって、みんな思っていたのさ」

葉っぱくんは少し照れたような顔で言いました。

「そこへ、きみが来た」

「きみが、絶対《ぜったい》に、おばあちゃんのところへ帰るって言って、がんばっているのを見ているうちに、思ったんだよ。かえるくんの役に立ちたいなって」

「だから、あいつらも、出かけていった。少しでも、おばあちゃんの家の情報《じょうほう》を、見つけることが、できればって」

「少しでも、かえるくんの、役に立てたらってね」

「葉っぱくん……」

「なんだよ、情《なさ》けない顔して。大丈夫《だいじょうぶ》。風が変われば、あいつらだって、もどってくるさ。きっと、いい情報を、持ってね」

＊　＊　＊

かえるくんは、みんなの思いに応《こた》えるためにも、自分も、もっともっとがんばらなくっちゃと思いました。あきらめないで、やれるだけのことをやってみようと思ったのです。

（そうだ。最初は弱い風で、練習してみよう）

かえるくんは、周りに神経《しんけい》を集中しました。

しばらくすると、弱い風がふいてきました。この風なら、たとえ上手《じょうず》に乗れたとしても、
それほど遠くまで飛んでいってしまうことはないでしょう。

かえるくんは、タイミングを合わせて、ゆっくり助走を始めました。

　ピョン　ピョン　ピョンピョンピョンピョン

風が来ました。

(今だ！)

　ピョンピョピョピョ、ピョ～～ン！

かえるくんの体が、ふわっとうきました。

(やった！　飛んだ……？)

そう思った瞬間《しゅんかん》、かえるくんの体は、地面に着いていました。

(なんだ、ちっとも飛んでないや)

そう思って後ろを見てみると、それでも、いつもの、思い切りジャンプしたきょりより

も、ほ～んの少しだけ、遠くまでジャンプできています。

（よし、もう一回。今度はもう少し、強い風の時にジャンプだ）


かえるくんは、その日、全部で五回、風に乗ることができました。

そして、かえるくんはあることに気づいたのです。

（ボクが飛ぶんじゃない。風に乗せてもらうんだ……。きっとそれが『風を読む』ってことなんだ……）


「ふ～。つかれた……」

「あ、かえるくん。お帰り。遅《おそ》かったから心配したわよ」

「ただいま。あれ？　朝の葉っぱくんたちは？」

「ああ。あの人たちね」

「ほら、お昼ごろに少し強い風がふいたでしょ？　あの時に、あの人たち、出かけたの」

「昨日とは、また少しちがう方にふいていく風だからって言ってね」

「……」

かえるくんの目に、なみだがうかんできました。

（みんな……。ボクのために……）

かえるくんが葉っぱのかげにかくれて泣いていると、あじさいの花たちが話しかけてきました。ピンクやむらさきの、とてもきれいなあじさいです。

「かえるくん、泣くなんておかしいわ」

「そうよ。葉っぱくんたち、自分から進んで出かけて行ったんだから」

「うん。やる気満々。笑顔いっぱいでね」

「だって……。みんな、もどってこないよ。まだ、だれも……」

かえるくんは目になみだをいっぱいためたまま、顔を上げました。

「う〜ん。まあ、それは風まかせだから……」

「そうね。風の向き、風の強さ。どれもこれも、わたしたちの自由にはならないわ」

「思い通りにできることなんて、ほとんどないんだから」

「でもね。葉っぱくんたちも、かえるくんみたいに、いつか必ず帰るからって言って、出かけていったのよ」

「そう。一人も悲しそうな顔なんか、してなかったわ」

かえるくんは、今日の朝、話をした葉っぱくんたちを思いうかべました。「かえるくんの役に立ちたい」「大丈夫!!」。そう言ってはげましてくれた葉っぱくんたち……。

「だって、自分がだれかの役に立てるって思ったら、うれしいじゃない」

「わたしたち、花も、おんなじよ」

「ゆううつな雨の日でも、わたしたちがさいているのを見て、ああ、きれいだな。今日も一日、がんばろうって思ってくれる人が、一人でもいたら……」

「それだけじゃない。毎年わたしたちが満開にさくのを、ずっと心待ちにしてくれている人もいる……」

かえるくんは思わずおばあちゃんの顔を思いうかべました。

「わたしたち、だれかの役に立っているって思えたら、それが一番の幸せなの」

かえるくんには、そう話すあじさいの花たちがかがやいているように見えました。

「葉っぱくんたちも同じ。いつもはわたしたち花が、きれいに大きくさくために、たくさんたくさんがんばってくれているわ」

「そう。冬の間も、寒いのをずっとがまんして。春が来た時のための準備《じゅんび》をしているの」

「暖《あたた》かくなってきたら、体をいっぱいに広げて、体中でお日様の光をいっぱい浴びて、わたしたちのために、たくさんの養分を作ってくれるの」

「それがあるから、わたしたち、こうしてきれいにさいていられるのよ」

葉っぱくんたちの努力は、ちゃんとむくわれている、かえるくんはそれがうれしくて、むねが熱くなりました。

「みんな、だれかの役に立ちたい、だれかのために働きたいって思っているの」

「みんな、かえるくんを、おばあちゃんに会わせてあげたいのよ」

「そう。みんな、そう思っているわ」

「わたしたちも、わたしたちのみつを吸《す》いにくる、ハチさんやチョウチョさんに、声をかけているわ。かえるくんのおばあちゃんのこと、知りませんかって」

「だから、きっと、必ず、おばあちゃんのところへ帰ること、できるわよ」

「そう。それに、葉っぱくんたちのために泣いてくれるのはうれしいけれど、かえるくんが泣いているだけだったら、葉っぱくんたちはよろこばないわ」

「葉っぱくんたちにすまないと思うなら、葉っぱくんたちにありがとうって言いたいのなら、絶対《ぜったい》に、おばあちゃんのところへ帰るのよ。葉っぱくんたちも、それが一番うれしいはずよ」

「うん、そうだね。ボク、がんばるよ。絶対におばあちゃんのところへかえってみせるよ」

あじさいたちの言葉に、かえるくんは大きくうなずきました。

おばあちゃんのところへ帰るという思いは、もうかえるくんだけのものではなかったのです。

「かえるくん、今日一日、すごくがんばっていたんでしょ？」

「風さんが、通り過《す》ぎる時に教えてくれたわ。『さっき、かえるくんが、わたしに乗ったんだよ。ほんの少しだったけどね』って、うれしそうに教えてくれたわ」

「風さんに乗って、空を飛んで、おばあちゃんの家へ帰るんでしょ？」

「そのためには、体力をつけなくちゃ」

「そうよ。泣いている時間があったら、早くねなくちゃ」

「かえるくん。明日の朝は、とびきりおいしいご飯を用意してあげる。だから、今夜はもうねなさい」

「そうよ。風が変われば、流れも変わる。流れが変われば、結果も変わる」

　あじさいの花たちにはげまされ、かえるくんは、いつのまにかねむっ

てしまいました。

ぐっすりねむったかえるくんを見守るように、お空の真ん中で、お月様がかえるくんをやさしく照らしていました。


朝、起きると、かえるくんの目の前にはとびっきり新せんな、かえるくんのための朝ご飯が用意されていました。夜の間に、あじさいの花たちが準備《じゅんび》してくれたものにちがいありません。

「命を……。大切な命を……。いただきます……」

かえるくんは、それを用意してくれたあじさいたちにお礼を言い、そして、そのかけがえのない〝命〟に感謝《かんしゃ》しながら、いただきました。

(!!)

かえるくんの体のすみずみに、元気がみなぎってきます。なぜか気持ちも明るくなり、昨日までのつかれも、どこかにふき飛んでいきました。

「じゃあ、行ってきます」

かえるくんは元気いっぱいの声で言いました。

「行ってらっしゃい。気をつけて」

あじさいの花たちが、笑顔で見送ってくれています。

「かえるくん、無理はしちゃだめよ」

「うん。ボクの命は、ボク一人の命じゃないもの。無理はしないよ」

「そうよ、かえるくん。いい？　あわてない。そして、あせらない」

「でも、絶対《ぜったい》にあきらめない」

「うん。じゃあ、行ってきます」

かえるくんは、元気よく、ジャンプし始めました。

風を読みながら、何度も何度もジャンプしました。

何度も何度もくり返すうちに、少しずつ、少しずつ、かえるくんが風に乗れる時間が長くなっていくのが、あじさいの花たちから見ても、わかるようになりました。

お昼過《す》ぎのことです。

めずらしく、反対向きの、しかもかなり強い風がふいてきました。

その風に乗って、一枚《まい》の葉っぱくんがもどってきました。

一番最初に出かけた、あの葉っぱくんでした。

葉っぱくんの体は、ところどころがちぎれ、穴《あな》が空《あ》いてしまったところもありましたが、葉っぱくんの顔は、とても満足そうでした。

「ねえ、かえるくんは？」

葉っぱくんは、むかえてくれたあじさいの花に話しかけました。

「今、ずっと向こうの方で、特訓中よ」

「特訓中？」

「ええ。風に乗って、空を飛んで、おばあちゃんのところへ帰るんだって」

それを聞いた葉っぱくんは、なんだかとてもうれしそうな顔をしました。

「風に乗って？　空を飛んで？　そうか、そうなんだ」

葉っぱくんは目をとじて、何度もうなずいています。そして、あじさいの花の方を向くと、ゆっくりと、はっきりした声で言いました。

「あのね。見つけたよ。見つけたんだよ」

「見つけたって……えっ？　もしかして？」

「ああ。その、もしかして、さ」

「わかったの？　かえるくんのおばあちゃんのおうち……」

「ああ。だから、こうやって、もどってきたんだ」

葉っぱくんは力をふりしぼって、体の向きを変えました。

「ここからだと……、ちょうど、あの、木の方向さ」

葉っぱくんが示《しめ》す方向を見ると、ひときわ高い木が一本、立っています。

「な？　見えるだろ？　あの、いちばん高い……木の、ずっと、向こうなんだ。ただ、かなり遠い。っていうか……。かえるくんが、いくらがんばって……ジャンプ……し続けても……たどり着けないかもしれない。そのくらい、遠いんだ。でも、もし、本当に……風に乗って、空を飛ぶことが、できたら……」

葉っぱくんは、いのるような気持ちで空を見上げました。一羽の鳥が、風を切って、その木の方へ飛んでいくのが見えました。

「大丈夫《だいじょうぶ》。だって、かえるくん、そのために、ずっと特訓しているんだもの。おばあちゃんの家の方向がわかったって知ったら、かえるくん、きっとよろこぶわ」

あじさいの花がそう言うのを聞いて、葉っぱくんは安心したような顔で言いました。

「そうか。じゃあ、オレは……ちょっと……休ませて……もらうよ。ちょっと……つかれちゃった」

葉っぱくんはそう言って、目をとじました。しかし、すぐに目を開けて、あじさいの花の方をしっかり見て、念をおすように言いました。

「あの木。あの、一番……高い木の、方向だからね。必ず……絶対《ぜったい》に……、かえるくんに伝えてよ」

「わかったわ。葉っぱくん」

「たのむよ、本当に。まちがいなく、伝えてよ。あの一番高い木の……ずうっと向こうの方だって。ずいぶん……遠いけど、絶対……に、あきらめるなよって。絶対……、絶対に、帰るんだ……ぞって」

「わかったわ。葉っぱくん。安心して。必ず伝えるから……」

葉っぱくんは目をとじました。

あじさいの花は、なみだをいっぱいうかべ、葉っぱくんを見つめています。

かえるくんが風に乗って、空を飛んでいるのを思いうかべているのでしょうか。葉っぱくんが、うわ言のように言いました。

「……そ、そうだ、その方向だ。いいぞ、その調子だ。がんばれ、かえるくん」

「……も、もう少しだ、あ、あき……らめ……るな……」

「やっ、やった！　やったな、かえ……るくん。よ、よかった。本当に、よかっ……」

あじさいの花は、力つきて横たわった葉っぱくんのために、一枚《まい》の花びらをかけてあげました。

「葉っぱくん……。おつかれさま。本当に、本当にありがとう。よく……よく、がんばったね……」

葉っぱくんは、とても満足そうな、そして、とても幸せそうな顔をしていました。

夕方になって、かえるくんがあじさいのもとに飛びこんできました。。

「やったよ、やった！　飛べたよ、飛べたんだ！」

「飛べた、だって？」

「すごいじゃないか、かえるくん」

「かえるくん、やったわね。これで、おばあちゃんのところへ帰ることができるわね」

「うん。あとは方向さえわかれば……」

「方向なら、わかったわ」

「えっ？　本当？　本当に、おばあちゃんの家の方向がわかったの？」

かえるくんはよろこびいっぱいの顔で、あじさいの花を見ました。

「ええ。今日のお昼ごろ、葉っぱくん、もどってきたの」

「葉っぱくんが？　もどってきたの？」

「そう。一番最初に出かけていった、葉っぱくんのうちの、たった一枚《まい》……」

「どこ？　どこにいるの？」

「あそこ。あの花びらの下で、静かにねむっているわ」

かえるくんは、あじさいの花びらが一枚、落ちている場所へかけつけました。

「葉っぱくん、ありが……」

そう言いかけて、かえるくんはだまってしまいました。かえるくんにも、一目でわかりました。葉っぱくんが、もう二度と目を開かないということが……。

葉っぱくんは、かえるくんの役に立つことができたという、満足いっぱいの顔で、静かにねむっていました。

「葉っぱくん。本当に、本当にありがとう。ボクは、泣かないよ。葉っぱくんの思いに応《こた》えるまで。おばあちゃんのところへかえるまで……。絶対《ぜったい》に、泣かないよ。そして、絶対にあきらめないよ。ありがとう。本当にありがとう……。葉っぱくん……」

もう、二度と動かなくなってしまった葉っぱくんを、いつまでもいつまでも、見つめるかえるくん……。そんな二人を、お月様がやさしく照らしています。

自分の使命《しめい》を果たした葉っぱくんの心は、お月様のやさしい光に包まれて、天へと昇《のぼ》っていきました。

# 四　とべっ‼　かえるくん

次の日の朝早く、まだお日様が昇《のぼ》る前から、かえるくんは風に乗るための特訓を始めました。

風を読んではタイミングを合わせてジャンプする。そして手足を思い切りのばし、指の間にある水かきを思い切り開く……。

それを何度も何度もくり返します。

なんとしても、おばあちゃんのところへかえるんだ――。

その気持ちは変わらないどころか、どんどん強くなっていました。でも、かえるくんがそこまで必死になるわけは、それだけではありませんでした。

ふくろの中でも、がけに落ちたあとも、かえるくんを守ってくれた二枚《まい》の葉っぱくん。

おばあちゃんの家の方向を調べるために飛び立っていったまま、まだ、もどらないたくさんの葉っぱくんたち。

かえるくんをはげまし、勇気をくれたあじさいの花たち。

かえるくんに元気を取りもどさせてくれた、かけがえのない〝命〟。

そして、ボロボロになるまでがんばって、おばあちゃんの家への目印を見つけてもどり、そのまま命を落とした、あの葉っぱくん。

そんなみんなの、かえるくんを思うやさしさ。思いやり。そして勇気。

なんとしても、みんなの思いや期待に応《こた》えるんだ――。

その思いが、かえるくんを支《ささ》えていました。


次の日も、その次の日も、かえるくんの特訓は続きました。

「大丈夫《だいじょうぶ》？　かえるくん。すっかりやせちゃったし、手も足もキズだらけだよ」

「少し休んだら？」

あじさいの花たちが心配そうに声をかけました。

「大丈夫《だいじょうぶ》。もう少しでコツがつかめそうなんだ。それに、風に乗るためには、体重は少しでも軽い方がいいからね」

「でも、無理はしないでね」

「ありがとう」


次の日の朝。

めずらしく、朝から強い風がふいています。しかも、その風は、あの葉っぱくんが最期《さいご》に教えてくれた、あの一番高い木の方へ向かってふいています。

かえるくんは、あじさいの花の一番上まで上りました。

(あの木、あの高い木の、ずうっと向こうに、おばあちゃんの家があるんだ……)

かえるくんの後ろの方から、かえるくんをふき飛ばすくらいの強い風がふいてきます。

(強い風……。とびきり強い風を待つんだ。そうしたら必ず……)

しばらく目をとじたまま、風を全身で感じていたかえるくんは、やがて何かを決心したらしく、ゆっくりと地面に下りてきました。そして、あじさいの花たちや、多くの葉っぱくんたちに言いました。

「今日まで本当にありがとう。もどってきていない葉っぱくんたちが、いつかもどってきたら伝えてね。みんなのおかげだよって。ボクは、今日のこの風に乗って、おばあちゃんのところへ必ずかえるからって」

そう言ったかえるくんの顔は、自信にあふれていました。

「かえるくん、帰るのね？　とうとうその日が来たのね？」

「かえるくん。がんばって。わたしたち、信じているわ。かえるくんなら、絶対《ぜったい》に大丈夫だって」

「ああ。ぼくたちも、信じてるぜ」

「いいか。必ず、帰るんだぞ。おばあちゃんのところへ」

「帰ったら、たっぷり、あまえるんだぞ～」

「おばあちゃんのところに着いたら、連絡《れんらく》してね」

「ハチさんやチョウチョさんに伝えてくれれば、いつかきっと、わたしたちのところにも伝わるから」

「かえるくん、さようなら」

「また、いつか、必ず、どこかで、会おうな～」

「みんな、ありがとう！　さようなら」


かえるくんは、泣きそうになる気持ちを必死におさえ、目印の木の方を向くと、後ろをふり返らずにジャンプし始めました。

あじさいの花たちも、葉っぱくんたちも、みんな、かえるくんのすがたをじっと見守っています。

ピョン　ピョン　ピョンピョンピョンピョン
ピョン　ピヨピヨ　ピヨ～～～ン

特訓の成果でしょう。

かえるくんが、どんな風にも上手《じょうず》に乗れるようになっているのが、あじさいの花たちからもよく見えました。

少しずつ、かえるくんが遠ざかっていきます。

かえるくんの小さな体が、どんどん小さくなっていきます。

「お～い。がんばれよ～」

葉っぱくんたちは、声のかぎり、さけびました。


その時です。

葉っぱくんたちが、小刻《こきざ》みにふるえ始め、やがて、あじさいの木全体が大きくゆれ始めました。

そうです。ふいてきたのです。

とびきり強い風が、あじさいたちの後ろの方から……。

そしてその風は、あじさいたちのいる場所をふきぬけ、あの一番高い木の方へ向かってふいていきます。

「かえるく〜ん！　風が行くぞ〜！」

「すごい風よ〜」

「これだ！　この風だ‼」

「今だ〜。とべ〜、とべ〜、飛べ〜〜〜〜〜〜〜〜〜〜」


かえるくんのず〜っと後ろの方から、葉っぱくんたちの声が聞こえてきます。

「……………べ〜、と……………〜。飛べ〜〜〜〜〜〜〜」

「……まだ〜。……べ〜。と……〜〜‼」

かえるくんは、ジャンプのテンポを速めていきます。

ピョン　ピョ〜ン　ピョンピョン　ピョ〜ン
ピョ〜ン　ピョンピョン　ピョンピョンピョンピョ〜ン

ビューーーーッ‼

風が来ました。

今までに経験《けいけん》したことのないくらい、強い風です。

（これだ！　この風だ‼）

ピョン　ピョピョ……　ピョ～～～～～～ン‼

（……‼）

気がつくと、かえるくんは、風に乗って、空高く飛んでいました。

後ろをふり返ると、あじさいの花たちのきれいなピンクやむらさき、そして葉っぱくんたちの緑色が、いくつものかたまりになって見えました。

（うわ～！　こんなに高いところ、飛んでる～）

下を見ると、あじさいの木が道にそってならんでいます。その道は、曲がりくねりながら、遠くまで続いています。

（あの道が、おばあちゃんの家にかえる道にちがいない）

かえるくんは、しっかりと風を受けられるように、手足の水かきを力いっぱい広げています。手も、足も、できるだけのばして、風をたくさん受けとめます。

目印の高い木を通り過《す》ぎたところで後ろをふり向くと、あのあじさいの花たちのすがたも、あの葉っぱくんたちのすがたも、もう見えなくなっていました。

（葉っぱくん……。）

ビューーーーッ!!

風は、かえるくんの読み通り、相変わらず強いままで、ふき続けています。

このまま行けば、まちがいなく、おばあちゃんの家に着くはずです。

途中《とちゅう》で、風に流されて悲鳴をあげているカラスとすれちがいました。

（もしかすると、この前のカラスかもしれないな）

かえるくんは、そんなことを思いながら、おばあちゃんの家を探《さが》しました。

はるか遠くに、水色の車が見えたような気がしました。

（あれ？　おばあちゃんの……車？）

かえるくんの目が、かがやきました。

（よし。もうひとがんばりだ）

しかし、なぜか、かえるくんの体が、少しずつ少しずつ、風の流れから落ちていきます。

（あれ？　あれ？　体に力が入らない……）

無理もありません。

風に乗ってからずっと、水かきは広げっぱなし。手も足も、のばしっぱなし。

さすがのかえるくんも、つかれてきたのです。

（もう少し……。あと少し……）

けれど、もう、手にも足にも、力が入らず、のばしていることができません。水かきも、体中の皮《ひ》ふも、すっかりかわいてしまい、今にも破《やぶ》けそうです。

（ああ。もう少しなのに……）

この高さから落ちたら、さすがに助かることはないでしょう。地面にぶつかった勢《いきお》いで、体がぺしゃんこになってしまうでしょう。

（ああ。みんながおうえんしてくれたのに。みんなが、力をかしてくれたのに……。葉っぱくん……。あじさいさん……。元気をくれた命……。ああ。みんな、ごめん。ボク、もう、ダメかもしれない……）

それでもかえるくんは何度も手足に力を入れ、どうにかして体をのばそうとしました。

でも、かえるくんの体は、風の流れから外れ、ゆっくりと地面に向かって落ち始めました。

かえるくんはだんだんと気が遠くなってきました。

その時です。

「かえるく～ん！」

「あきらめな～い！」

「がんばれ～！」

「必ず、帰るんだろ～！」

どこからか、声が聞こえます。

かえるくんは目を開けて、辺りを見回しました。

かえるくんの後ろの方から、さらにひときわ強い風がふいてきます。その風に乗って、数枚《すうまい》の葉っぱくんたちと、数枚の花びらたちが飛んできます。

「あきらめな〜い！」

「かえるく〜ん。今、助けに行くぞ〜！」

「おばあちゃんの家は、もうすぐだぞ〜！」

みんな、かえるくんのことが心配で心配で、かえるくんが飛び乗った風の、すぐ後にふいてきた、ひときわ強い風に思い切って飛び乗って、かえるくんを追いかけてきたのでした。

葉っぱくんたちが追いついてきます。

「かえるくん、ぼくたちに、つかまるんだ」

「もう少しだけ、がんばれ」

かえるくんは、最後の力をふりしぼって、手を、足を、思い切りのばし、水かきを広げました。

落ちかけた体が、少しだけふわっとうき上がり、葉っぱくんたちに、もう少しで手がとどくところまで来ました。

「もう、少しだ」

葉っぱくんたちが、三枚《まい》四枚とつながり、かえるくんの手をつかみました。

「よしっ、もう大丈夫《だいじょうぶ》」

「かえるくん。よく、がんばったね」

葉っぱくんたちは、かえるくんの体を包み込むように集まると、大切にかかえてきた水てきを、かえるくんの体にかけました。

かえるくんは、一つにつながった葉っぱくんたちにつかまりながら、パラグライダーのように飛び続けました。

そんなかえるくんたちをはげますように、花びらさんたちが、かえるくんたちの周りを回っています。

「ほら、あそこ。あの、車、じゃないのか?」

葉っぱくんが声をかけました。

そうです。確《たし》かにおばあちゃんの車です。

「着いた。とうとう……。かえって来たんだ……」

ちょうどそのころ、虹子《にじこ》がおばあちゃんの部屋《へや》に入ってきました。

「おばあちゃん、カーテン、開けるわよ。ほら、庭のあじさいが満開なの」

ベッドでねていたおばあちゃんが、ゆっくりと体を起こしました。

「あ、そうそう。わたしたちのお引っこし、来月に決まったわ」

「来月に？　虹子、いいのかい？　近所のお友達と、はなれることになるんだろ？」

「でも、おばあちゃんといっしょに暮《く》らせるようになるのよ。その方がうれしいわ」

虹子がおばあちゃんの顔をのぞきこんで、ニッコリとほほ笑みました。

「ありがとうね。虹子」

「わたしじゃないわ。お父さんよ。ずっと前から言ってたの。おばあちゃんをこれ以上ひとりぼっちにしておけないって。お母さんと何度も相談していたわ。お母さんも、夜勤《やきん》のない病院、前から探《さが》していたみたいで。来月からそっちの病院に移《うつ》るんだって」

「そうなの。すまないねえ。みんなにめいわくかけて……」

「めいわくなんかじゃないわ。それより、おばあちゃん。まだご飯、ちゃんと食べていないんでしょ」

おばあちゃんはかえるくんがいなくなってしまったことが悲しくて、今日もご飯をほとんど食べていませんでした。

「ええ、まだ食よくが、あまりなくってね。大丈夫《だいじょうぶ》よ。もう少ししたら食べるから」

「明日はおじいちゃんの一周忌《いっしゅうき》でしょ？　ちゃんと元気でいないと、おじいちゃんも心配するよ」

「ええ。わかってますよ」

その時、風がサーッとふきこみ、虹子《にじこ》のかみがゆれました。

「ああ、風が気持ちがいいわねえ」

「ねえ、見えるでしょ？　あじさい」

「あら、本当だ。しばらく見ないうちに、満開ねえ。おじいさん、今年も、さいてくれましたよ。去年と同じように、庭いっぱいに……」

その時、空を見上げた虹子が何かに気づきました。

「あれ？　ねえ、おばあちゃん、あれ、何だろう」

「え？　なに？」

「ほら、あそこ。あの木の右の方の空……。ほら、なんか、緑色の……」

虹子はおばあちゃんに肩《かた》をかし、窓《まど》ぎわのいすに座《すわ》らせてあげました。

「どれどれ……葉っぱ？　葉っぱが風でまっているだけじゃない？」

「うん。でも、葉っぱがあんなにつながるかなあ……。それに、ほら、何かぶら下がってるよ」


空を飛んでいるかえるくんの目に、おばあちゃんの車が、だんだん近づいてきました。

その庭には、ピンクやむらさき、そして緑色のかたまりがいくつも見えました。

その色とりどりのかたまりの向こうに、おばあちゃんの家が見えます。

「えっ？　あれって……。おばあちゃんだ！」

おばあちゃんの部屋《へや》の窓《まど》に、おばあちゃんのすがたを見つけたかえるくんが、声を上げました。

葉っぱくんたちも、いっせいにその方向を見ました。

「あそこに見えるのが、かえるくんのおばあちゃんか」

「となりに女の子もいるぞ」

「よし、がんばれ、かえるくん。もうひとがんばりだ」


「……かえる……くん？」

虹子《にじこ》が指さす方をじっと見つめていたおばあちゃんが、ポツリ、小さな声で言いました。

「えっ？　かえるくん？」

虹子が大きな声で聞き返しました。

「そうよ！　かえるくんよ！」

「おばあちゃん、しっかりしてよ。かえるが空を飛ぶなんて……」

「ううん。あれはかえるくんよ。まちがいないわ」

虹子は窓から身を乗り出して、その緑色の小さなものを見つめました。

（かえるって……まさか、そんな……葉っぱのかたまりにしか見えないけれど……）

おばあちゃんも、いすのひじかけにつかまりながら立ち上がりました。

（かえるくん……）


その時です。

とつぜん、風の向きが変わりました。

かえるくんがつかまっている葉っぱくんたちは、クルクルと回り始めました。

「まずい。かえるくん。このままだと、おばあちゃんの家に、着かないぞ」

「着かないどころか、どこか、遠くまで、運ばれちゃうかも」

「いや、その前に、バラバラになって、みんな、落っこちちゃうかもしれない」

「えっ？　そ、そんな……」

かえるくんは不安でたまらず、葉っぱくんをつかんでいる手に、ぐっと力を入れました。

「仕方ない。かえるくん。今すぐ、とぶんだ」

「えっ？　とぶって？　だってもう、みんなで飛んでるじゃないか」

「そうじゃない。ジャンプするんだよ」

「ジャンプ？　ここから？　そんなの、無理だよ……」

「そうだよ。いくらかえるくんでも、こんな高いところから……。それに、地面にたたきつけられたら、生きていられないぞ」

「ぼくらがバラバラになれば、同じことさ」

「……そうか。そうだな。だったら、かえるくん。自分からとんだ方がいい」

さっきまで反対していた葉っぱくんが、力強く言いました。

「でも葉っぱくん。とぶって、いったいどこへ向かってとぶんだい？」

「かえるくん、ほら、あの窓《まど》。あの、おばあちゃんの部屋《へや》の窓、目がけて、とぶんだ」

「あの窓、目がけて？」

「そう。うまい具合いに、部屋の中に、とびこめば……」

「あっ。おばあちゃんの部屋には、ベッドがある……」

「そうだ。そのベッド、目がけて、とびこむんだ！」

「で、でも……」

「かえるくん。考えてる時間は、ない」

「そうだよ、かえるくん。このまま、落っこちるか。それとも、どこかちがう場所まで、飛ばされるか」

葉っぱくんたちは、今もクルクルと回っています。

「ぼくたちじゃ、この風にさからって、向きを変えることは、できない。かえるくんが、とぶしかないんだ」

「でも……。ジャンプするには、何かをけらないと……」

「まかせておけよ。今、ぼくたちが、重なるから」

「うん。みんなが、重なったところを、ければいい」

「で、でも、そんなことをしたら葉っぱくんたちが……」

「大丈夫《だいじょうぶ》。いつも言ってるだろ？」

「そうそう。風がふけば、ぼくらはいつでも飛んでいけるって」

「大丈夫《だいじょうぶ》。また、必ず、会えるから」

「必ず会えるから」

こんな状況《じょうきょう》なのに、そう言う葉っぱくんたちの顔は笑っています。

「葉っぱくん……」

葉っぱくんたちの笑顔に勇気をもらったかえるくんは、一つ、大きくうなずきました。

「うん、わかったよ。ボク、おばあちゃんのベッド目がけてジャンプするよ」

「ああ。よくねらってな」

「みんな、ありがとう」

風が一瞬《いっしゅん》弱まりました。そのわずかな時間で、葉っぱくんたちは一つに重なりました。

「よし、今だ！」

「とべっ!! かえるくん、おばあちゃんのもとへ！」

かえるくんは、重なり合った葉っぱくんたちにしっかりと足をかけると、ひざをしっかりと曲げ、思いっ切り、ピョ〜〜〜〜〜〜〜〜〜〜ン！

おばあちゃんの部屋《へや》目がけてジャンプしました。

「ね、ね。おばあちゃん。あれ、ほらあれ」

「そうよ！　かえるくんよ‼　まちがいないわ」

「でも、あれ、あのままじゃ、地面に落っこちちゃうよ」

確《たし》かにかえるくんの体は、おばあちゃんの部屋までは、届《とど》きそうにありません。それどころか、このままではおばあちゃんの家のかべにぶつかるか、その手前の地面にたたきつけられるかのどちらかです。

「ダメだ、ダメだ、もう少し上……」

かえるくんも、体をねじって、必死に方向を変えようとしていますが、なかなか向きが変わりません。

「お、おばあちゃん……。せっかく、ここまで来たのに……」

地面に向かって真っすぐに落ちていくかえるくんの目に、おばあちゃんの顔がはっきりと見えました。

なつかしい、やさしいおばあちゃんの顔。

一度近づいたおばあちゃんの顔が、まるでスローモーションのように、ゆっくりと遠くなっていきます。


虹子《にじこ》の目の前を、かえるくんがゆっくりと落ちていきます。

鳥が羽ばたくように、必死で手足をバタバタさせながら、なんとかおばあちゃんのところへもどろうとしているかえるくんのすがた。その動きのおかげなのか、かえるくんが落ちていくスピードがさらに遅《おそ》くなりました。

その時、虹子の耳に、だれかの声が聞こえました。

(虹子、手をのばして!)

「え～いっ」

虹子はその声にうながされるように、窓《まど》のふちにつかまって、体を乗り出し、片方《かたほう》の手をいっぱいにのばしました。

「つかまって!」

かえるくんも手をいっぱいにのばし、虹子の指につかまろうとしました。

指先のきゅうばんが、虹子の指先にふれました。

「えっ⁉」

あと少しのところで、かえるくんは、虹子の指の間をすりぬけて落ちていきました。

（あきらめるな）

「お願い！　おじいちゃん……！」

ふしぎな感覚でした。虹子の体が一瞬《いっしゅん》、宙《ちゅう》にういたようになり、窓からさらに外へと、体が出たのです。

今度はかえるくんの指と虹子の指がしっかりと重なりました。

「捕《つか》　ま　え　た　‼」

かえるくんと虹子が同時にさけびました。

窓から落ちそうになる虹子の足を、いつの間に来たのか、お父さんががっちりと支《ささ》えていました。

「まったくもう。あぶないところだったぞ」

ゆっくりと引き上げられた虹子《にじこ》は、お父さんを見て、にっこりと笑うと、おばあちゃんの方を向き、ゆっくりと手を開きました。

おばあちゃんが虹子の手のひらを見つめます。おばあちゃんの目から、見る見るうちに、なみだがあふれてきました。

「……おかえり」


かえるくんがゆっくりと虹子の方に向き直りました。

虹子の目とかえるくんの目が合いました。

「ねえ、わたし……。初めて見ちゃった。かえるくんのなみだ……」

ふるえる声でそう言いながらふり返る虹子を、おばあちゃんとお父さんがぎゅっとだきしめました。

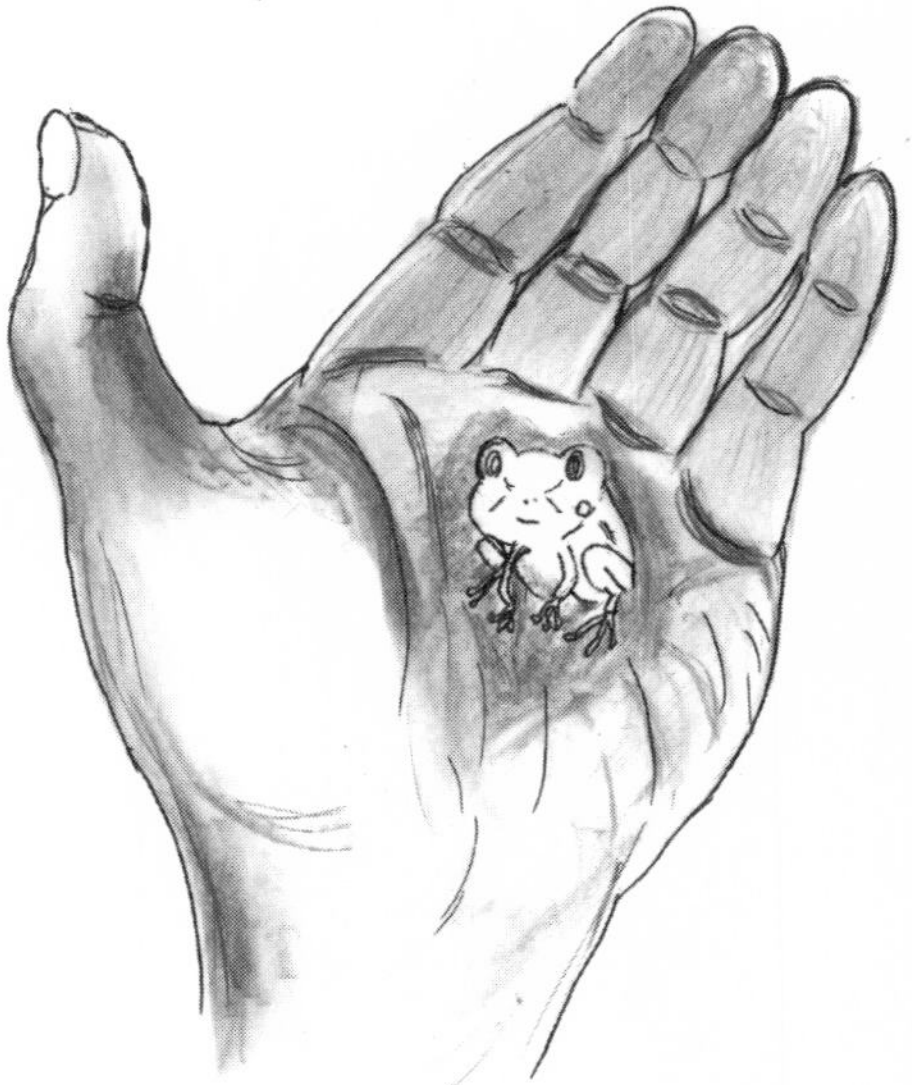

かえるくんの耳に、葉っぱくんたちの声が聞こえてきました。

「やったな〜」

「よくがんばったぞ〜」

「待ってたぞ〜」

「おかえり！」

窓《まど》の外には、あじさいの花びらが、さわやかな風に乗って、まっています。

玄関《げんかん》の飼育《しいく》ケースの中のかえるたちが、いっせいに鳴き始めました。

おばあちゃんの家の庭。
　満開のあじさいの花たちが、
かえるくんを　満開の笑顔で　むかえました。

おしまい

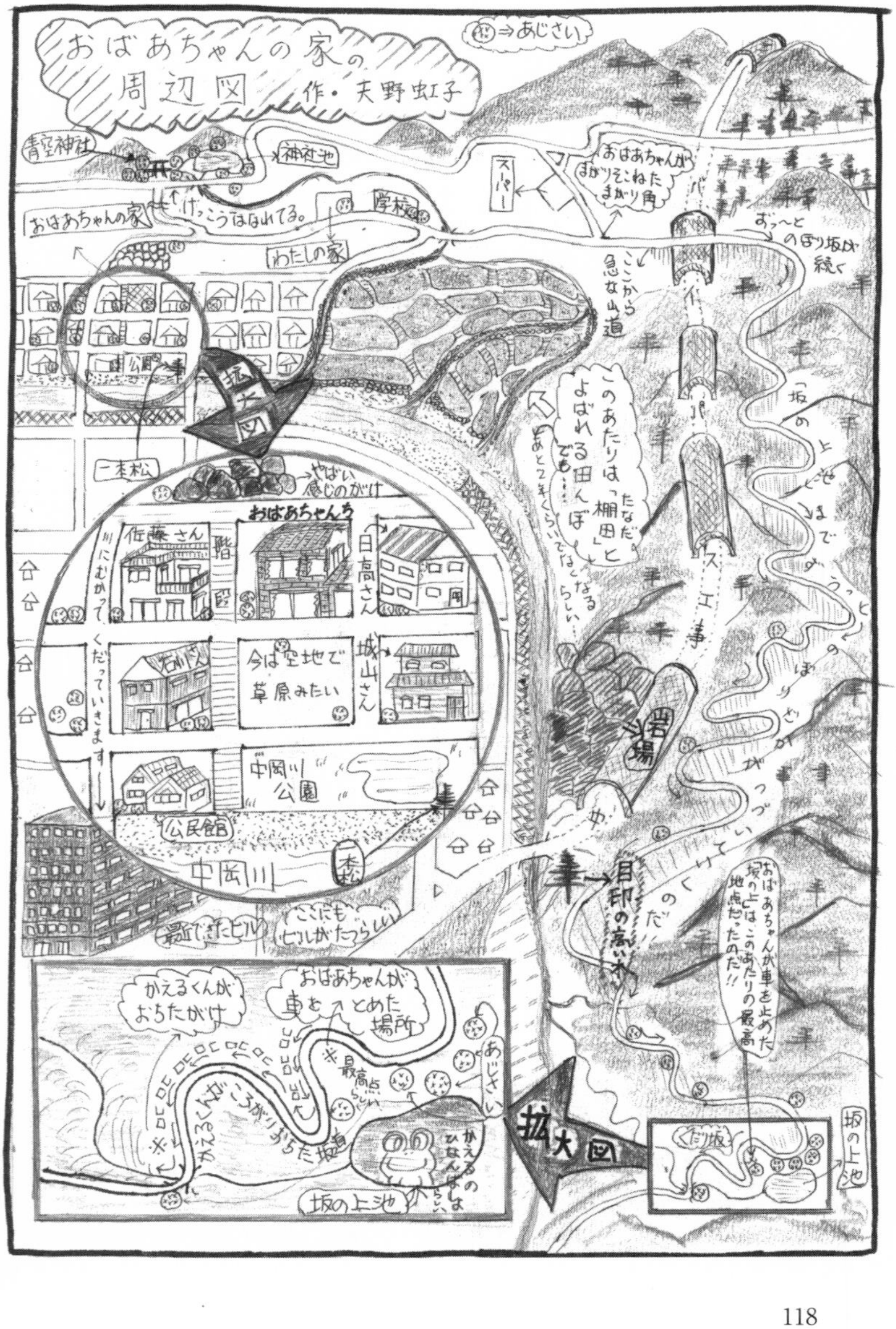

おばあちゃんの家の周辺図
作・天野虹子
㊍⇒あじさい
青空神社
神社池
スーパー
おばあちゃんがまがりそこねたまがり角
おばあちゃんの家
けっこうはなれてる。
学校
わたしの家
ずっ〜とのぼり坂が続く
ここから急な山道
このあたりは「棚田《たなだ》」とよばれる田んぼ
でも…… あと2年くらいでなくなるらしい…
トンネル
工事
坂の上池までずっとのぼり坂がつづいていくのだ
岩場
拡大図
一本松
やばい感じのがけ
おばあちゃんち
佐藤さん
階段
日高さん
川にむかってくだっていきます
石川さん
今は空地で草原みたい
城山さん
中岡川公園
公民館
中岡川
一本松
最近できたビル
ここにもビルがたつらしい
目印の高い木
おばあちゃんが車を止めた坂の上は、このあたりの最高地点だったのだ!!
かえるくんがおちたがけ
おばあちゃんが車をとめた場所
※最高点らしい
あじさい
※かえるくんがころがりおちた坂道
かえるのひなんばしょらしい
坂の上池
拡大図
くだり坂
坂の上池

# あとがきにかえて

「ねえねえ、みんな~。なんでかえるくんは、おばあちゃんのところへ帰ることができたの~?」

どこかのTV番組の、◇◇ちゃんみたいな質問《しつもん》に、あなたならどう答えますか?

「え~と。かえるくんがあきらめなかったから」

「がんばったから」

「ボーっと生きてんじゃ……」

永遠《えいえん》の五歳《さい》にどなられないように、もう少し、よ~く考えてみようか。

じゃあ……、どうしてかえるくんは、最後まであきらめなかったの?

「えっ? そりゃあ、おばあちゃんにどうしても会いたいって思ってたからじゃん」

「そうそう。そう書いてあったもんな」

会いたいよ～って思ってたから、おばあちゃんに会えたんだね？

じゃあ、金メダルが取りたいよ～って思ってたら、金メダルが取れるのかな？

「えっ？　そりゃあ、がんばらなきゃ」

「そうそう。あきらめないでね」

あきらめないで、何をがんばるの？

かえるくんは、何をがんばったの？

「えっと……。飛ぶための練習」

「そうそう。何度も何度も……」

どうして何度も何度も、あきらめずにできたと思う？

もう少しくわしく聞かせてよ。


かえるくんだけじゃなく、おばあちゃん、葉っぱくん、あじさい……。

へび、カラス……。

虹子《にじこ》、おじいちゃん、お父さん、お母さん……。

いろんな人が出てきたよね。いろんなことがあったよね。

「あ、そっか。おばあちゃんが～～～」

「それに、葉っぱくんが～～～」

「それだけじゃないよ。あじさいの花が～～～。でも、かえるくんは～～～」


いいねいいね、いろんな考えが出てきたね。

もう少し、がんばって聞かせてよ。

例えば……風、月、お日様、水、空気……。

それから……命、仲間、だれかの役に立つ……思い通りに……。

「あ、そっか。風は～～～。でも、かえるくんは～～～」

「そうよ、葉っぱくんたちだって～～～」

「それに、おじいちゃんが～～～。だから～～～」

「ほら、かえるくんが～～～。わたしだったら～～～」

「でも、ふつうだったら～～～じゃん。それなのに～～～」

いいね、いいね。どんどん考えが深まってきたね。

今、きみが思ったことを文章に書いたら、きっとすばらしい感想文が書けると思うよ。

それだけじゃない。

今、きみが考えたことを、少しずつ、行動に移《うつ》していくことができたら、きみの夢《ゆめ》も、いつかきっと、かなうんじゃないかなあ。


あ、そうそう。最後まで読んでくれたきみに、ここだけの話。

おばあちゃんの家の玄関《げんかん》に置かれた飼育《しいく》ケースの中のかえるたち。

実は……、そのうちの一匹《いっぴき》だけね……。


この続きを、いつかまたみんなと一緒《いっしょ》に考えることができたらいいな。

# 謝辞

本を出す背中を押してくれ、原稿をいつも真っ先に読んで、励ましてくれた妻へ。
いつも体調を気遣ってくれた息子へ。
絵の描き方のアドバイスをしてくれた娘へ。
　ありがとう

そして、この本を、去年の5月末、最期まで病気と闘い抜いて、
満開のあじさいに送られ、九十二歳で逝った父へ捧げます。

**逝きし　父の顔　紫陽花の安らぎ**

追記　あじさいの花言葉の中に「家族」「だんらん」という言葉を見つけました。

二〇二二年四月

佐藤　益弘

**著者プロフィール**

## 佐藤 益弘（さとう ますひろ）

1959年、神奈川県生まれ。同県在住。
三十数年にわたり、小学校教諭として勤務。人と人とのかかわり方や命の大切さ、親の想いなどを、子どもたちに伝えてきた。定年退職後は新たな形で子どもたちに伝えられたらと考え、本作の出版を決意。童話の執筆や苦手な絵にも初挑戦し、「あきらめずに、何度もがんばれば、必ずなんとかなる！」という本作のメッセージを実感している。

**とべっ!! かえるくん** ～おばあちゃんのもとへ～

2022年 4 月15日 初版第 1 刷発行

著 者 佐藤 益弘
発行者 瓜谷 綱延
発行所 株式会社文芸社
〒160-0022 東京都新宿区新宿1－10－1
電話 03-5369-3060（代表）
03-5369-2299（販売）

印刷所 株式会社フクイン


ISBN978-4-286-23416-8